ここまで　おいで
ここまで　おいで
試されたくは　なかったのだろうか
呼びかけられても
足がすくんで行けないまま
すでに年《とし》月《つき》はすぎて
それでも　ひそかなおもいは
河床の水のように
流れ続ける

現代詩文庫　218

思潮社

境節詩集・目次

装幀・菊地信義

詩篇

詩集〈夢へ〉から

実験室

心は　すでに　透徹を過ぎ
言葉は　出口を求めて
さまよいつづける

窓から　の　空は
あまりに青く
この部屋に　カフカはいません

夢の時間

ダイヤモンドの硬度について
そのカットの技術について
少年のような　かれが話す時

わたしは　非鉄金属鉱山組合の書記だったころ
の　わずかな経験を語る
銅の産出について
硫黄鉱の閉山について
あたかもおびただしい体験を
持ったような錯覚に誘われて

口ごもりながら
猫目石の美しさについてかれが話す時

すでに隔たった時たちが
遊星のようにわたしを迎える

スペインやイタリアやスイスの細工について
若者が語る時

蝶の翅は
宝石の輝やきに捉えられ

わたしのささやかな石たちが
喜びの歌を奏でる

クローム
モリブデン
猫目石
金・銀・黒鉱石

地下で働く人たちの手で運ばれた
一つ　一つの　石――。

ベン・シャーンの絵

ベン・シャーンの描いた「三色アイスクリーム」
　の少年は
万博で疲れた足を天王寺美術館へ誘ったのか
わたしは地下レストランで

現実のアイスクリームをなめながら
せみの声を聞いた

ベン・シャーンの世界は
限りもなく拡がり
労働争議や坑夫の死を
クラリネットやリュートを
トランペットで表現した詩篇一五〇番を
わたしの胸にたたきこむ

かれの描いた人物は
思索する　ハマーショルド
毛沢東はにやにやしながらけむりをはき
ジャン・ポール・サルトルは横向きに歩く

ベン・シャーンはたしかに
短い日々を　日本ですごす＝一九六〇年
こいのぼりを描いた「こどもの日」
「日本の新聞を読む男」

しかし　彼は一九六九年七〇才
　この世に別れた

ラッキー・ドラゴン（福竜丸）シリーズを
　描いた　ベン・シャーンに
わたしは　けさの新聞*を捧げたい
　*第五福竜丸の修理始まる
　　なおその永久保存の募金をよびかけている

夢へ

熱のある目ではかった
遠い海
体は　ふるえながら落下　する
瞬間が捉えた　夢へ

ジェームズ・アンソールを中にして
　わらっているような

カーニバルの仮面たち
親しいような　さりげなさ
ジェームズ・アンソールの
夜となく　昼となく
幼いジェームズをとりこにした
売れ残りの仮面の群

昏《くら》い海に　むかって
問うことのない
問いに　こたえて
登場した　彼ら

ついに　親しい者のように
登場した生ま生《なな》ましさ

ついには

夢の重さにむかって　ついらくする
ジェームズ・アンソール　または
仮面　または　海
ふたたび　夢へ

存在

〈夢のクライマックス〉とわたしは言いました
少女はそう言いながら　ジェット機の中へ
飛行場の方へと　急いで行った

いつだって　何だって　急に起り得る
世界は　何のためにも存在して　いないのだ

〈青い空〉だって　ヒユだと言い得る
きみの青い空
ぼくの青い空
きみとぼくの経験は異なるのだから

みんな　会話をしているつもりで
ひとりごとを言っている　にすぎないって
そんな皮肉を言うつもりはないのだが

K洲のI美術館の池でみる
黒鳥は美しい
白鳥の方が数は多いのだが
どうしてきみは黒鳥に心をひかれるのだろう
とたれかがささやく

何十年ぶりかでみる玄界灘
幼時が一瞬の中にかえってくる

海を渡って　今は異国となった
半島のみやこで
幼年期を抜けたのだ

きみの存在

ぼくの存在
なにかが痛烈に過ぎて行く

時間割

きょうは　きみの
内面の都市に降りてゆく
言葉を構築するため
　焼肉を食べに行こうよ
　この部分《パート》はどこ?
　なんてきかないならば

ほとんど受刑している人間の
しびれを瞬時あじわい
目をあけると
音楽は消える

不意に書棚に　手をのばし
数学入門のページを　あけ
〈サイコロの確率について〉に
散歩しているような快感を覚え
デュシャンの〈なりたての未亡人〉
のように窓を作ろうと思う

そう　きみには窓が必要だ
おせっかいだけれどあえて
言わせてもらえるならば

それから　きみは
映画〈D・Dものがたり〉を　みるため
ビルの地下へ降りて行く
十二・三才の少年少女ばかりの世界
壮年者はともかく
老人や子どものいない社会
の無機質性をかいまみる

そして　また　歩きなれた街

を　通りすぎ　夜を　深く
愛するために
まず　夕食にとりかかる

（『夢へ』一九七七年「黄薔薇」社刊）

詩集〈呼び出す声〉から

途

半地下に生を埋めて
荒廃の極地を！
風景は風景の中に組み入れられて
漠然としたものは
すでに失なわれ
さらされて
さらされて
砂まじりの風が吹く
もうすぐ曲り角をまがって
陽光のまちか
むらかに住む
筈だった――
また真っ直ぐな
道が果てしもなく

つづき
しめりけもなく
鳥の死がいのような
不気味な生を
口一杯にくわえ
夢以上のゆめもなく
転移して行く
不作法なまで
生をむさぼれ！

メモリアルデー・八月十五日　そして以後

ニホンマケタ
ソコノニホン人モンペヌゲ
敗戦をきみが体験した
最初のことば
無賃乗車で
鈴なりの満員電車は
花電車より凄い
それまでは植民地の住人であった
きみらは
八月十五日以後
数日は電車に乗れない
ソウル
京城
そうるふる
きみの魂のふるさと
日本内地では罹災した人たち
でさえ　終戦と云うこともある
外地では敗戦といわなければ八月十五日の実感はない
釜山ではすでに上陸していた
アメリカ兵の監視のもとに
少女である
きみは　神風を信じて
引揚船に乗り込んだ
万世一系の尊い皇国
日本であるから

歴史を信じて荷物のように
窮屈な船でも
ひき返すにちがいない
しかし　船はまちがいなく
仙崎*につき
神風は永久にやってこない
仙崎では持参の米とお金を出して
民家でにぎりめしを
作ってもらう
きみの第二の体験は
塩のないにぎりめし
それが
それ以後の
きみへの
啓示だ

*詩集には下関と書いている。晩年の父から仙崎と、事実を知らされた。

感情

はるかに遠い夢を捨て
第一日の初日にある
道は途《と》ざされて
人の気配たえ
たたえるものは
感情である
そそがれる肉体の塩水は
傾むいて
多くの言葉は
急激に枯れた
抹殺されたものゆえに
すべての葬むりはある
駆けてゆくものは一すじの
深い思いであったが
受けとめる器はそこになかった

海へ

ようやく帰ったその日
ふるさとは　秋の
祭であった
（財産も何もかも失って帰って来たのか
　と言って出むかえた祖父母も　今は亡い――）
敗惨の
玄界灘に
夏は去り
（暑さの中にすべてをおき忘れ　草を刈る）
多くの訣別の朝があり
泣いてはならないたそがれがあり
どこまでもつづく海があり
（汚れた海がひろがり――）
キラキラとキラキラと
陽《ひ》は砂に入《い》り
（少年は旅立ち――）
ふたたび　意志による小舟の
海へ

手紙

いつでも忘れものなんだ
きみの日常は
誰にだって届かないものはあるのに
それに気付かないなんて
いや　もうとっくにそのことは
知ってしまったんだね
気付かないふりなんかして
他愛ないね

海を
とび切り上等の海を
ことしの夏にはみるんだ
そしてどこまでも泳いでいくんだ
もしかしたら帰らないかも知れない

二十才《はたち》の夏は
もう決して帰っては来ないよ
本当に飛び切りの海で
泳ぐといいよ

（『呼び出す声』一九八三年編集工房ノア刊）

詩集〈ひしめくものたち〉から

ひしめくものたち

意味もなく
もぎとられてゆく
腕を
でも　もう半分きみの腕はロボット！
そんな筈はないよ
知らないだけさ
気づいた時は遅いんだよ
響いてくるものは無い
素晴しい世界はどこへ行ったの
キラキラと輝やいていた朝露を
知らない？
ほら　あの大きな樹の側に
きみの幻影の人が立っている！
美しかった子どもの世界を

まるごと　のみこんで生きていた
その時代
キリキリと胸にくい込んで来る
かなしみなんて嘘かもね
ロックも　もう　あきたよ
眠るのは　いやだ
さめてから見る夢がほしい
きみの靴がはけたらね
そろそろ出かけなくちゃ
帰る道を知っているかい
いいよ　心配しないで
いつだって　行く時は勇気がいるから
気をつけたほうがいい
きみの　からっぽの頭の中で
花が咲いている
今までみた花
これからみる花
そしてみえなかったものたち
また　みようともしなかったものたち

すべてが　ひしめいて
絶体絶命のように
命づなを　ほしがって来る
行くがいいよ
さようなら
ひしめくものたち
みちてくるものたち
わたしたち
もう少し愛すれば
よかった?

うらがえして旗

「みつめられますよ　美しい　あなた」
コマーシャルがしゃべっている
「いつも喪服なのね　あなた」
友人がビールをのんで話しかけてくる
どっちにしても　わたし生きている

数しれない記憶が　よみがえる
透明な夜を
旅立って行くT

「もう会えないね
　T……」
よびかけても　こだまは　かえらない
「きみは　詩だけを書けばいい」
と　若い日の　Tの声が　きこえてくる
「もう　なんにもないよ　T」
共有していた　若い日々
あまりに　無邪気すぎた？
うらがえしの
窓
うらがえして　旗

きよめの塩
からだに　ふりかけない
ふりかけられている

メモリー

フライパンに　卵をわって
きよめの塩　ふりかけて

うらがえす窓
うらがえして旗

やさしい数学

仮説ばかりの理論を
きかされ続けたので
アタマ　ガ　イタイ
春の気配を感じると
「やさしい数学」を開いて
一通りやっていた何年かが　あって
つぼみは　ひらいていった
宇宙の爆発した瞬間を

予感して　過去に　さかのぼる
未来は　とし取って　急に
タイムトラベル
風船を　いくつも　いくつも
飛ばしていたいよ
歯ぎしりばかりして
本当に眠っていたの？
あなたの　ふとんをはがして
目をさましてよ
株式欄に　経済がつまっているから
わたしたち　束縛されている？
一回ぐらい
ビューティフルに生きたいね
反問して〈本当かしら〉
いつだって　疑って　みている
「やさしい数学」

（『ひしめくものたち』一九八七年思潮社刊）

詩集〈鳥は飛んだ〉から

雲母

少女だった頃
戦争があり
外地に住んで
学校に通った
半分勉強があり
半分仕事をした
小刀で雲母を0.2ミリのうすさにして行く
〈飛行機に使うらしい〉
〈ふうん〉と思いながら雲母はぎをする
なにか　いつも　いっしょうけんめいだった
八月十五日が来る前に
一人のともだちが小声で言った
〈戦争はもう終るよ〉
〈そんなことあるもんか〉と思いながら気になった

敗戦は　はっきりと来た
混乱と不安が街を取りかこむ
無法状態を経験し学校と友に別れた
はたちの頃
空が落ちて来るような不安が
たえず起った
雲母が頭上に舞い
じゅうぶんおどれなかったもどかしさが
0.2ミリになって
おそって来る

未明の岸

朝のはじまる前に
病院の非常口から抜ける
目の前に河口が見え
塩のにおいで
海の近さを知る

重症病棟に入院した
身内の者がいて
つきそっているからだに
刺戟のような一瞬の
覚醒が意識をよぶ
未明の岸は
さそっている
こちら側に　休息がある
抵抗しないほうがいい
身におぼえのあるやり方で
迫っている
いつだって　はずしているから
胸のボタンを　とらないでほしい
少しづつ
明けて行く空
からすが数羽
河口の上を飛んでいる
なつかしい顔が　浮かんで
まださそう

未明の岸

返信

魔法は　もうとけたでしょうか
明けて行く空を
ふたりで見ていましたね
けっして手を取りあわなかった
ふしぎな美学
昏れて行く海辺を
激しいテープが流れて
暴力のように
飛ばしていた
かりそめの世を生きて
いるのであれば
無言のかなしみは
哄笑になっていい
けっして涙など
見せなかった若さに
無謀な日々が
生き急いでいます
なぜ？　などとは問わない
苦しいなんて　言わなかったから
日付けは狂わなかったけれど
微妙にズレて膨張しています
ぼくをみるだけ？
と聞いた
その日から　はるかな時間
美しすぎる
すべては
あまりに　いとしいものだから
そっと　していたいのです
許して下さるでしょうか

鳥は飛んだ

雷雨

はじめて飛行機に乗った
鳥が飛ぶように
機体が少々ゆれても平気だった　こんなものだろうと
しかし　あけ方の太陽と雲海に心をうばわれ
スイス・アルプスを眺望した時　それは頂点に達する
日曜のチューリッヒに着いた
街は休日だが外から店内を美しく見せるよう
工夫され落ちつきがある
寺院のシャガールのステンド・グラス
きみは　ここまでぼくを見に来た？
湖を数人で見に行く　晴れていたのに
急に薄暗くなり雷雨となった
ヨットは小さく　上半身裸の男がいる
二人づれの中年女性が旅づかれの様子で近づいて来る
口紅持っていますか

ホテルに免税店で買ったシャネルがあるけれど
今日は店が閉って口紅が買えなくて
どこまで行くのですか
フィレンツェーアッシジーテルニーローマです
私たち　ローマに行ったけれど面白かった
天気がよく暑いぐらいでしたよ
チューリッヒで一日自由に乗れる市電の切符をあげまし
ょう
ありがとう
さようなら

××

ホテルでは小鳥の声で目がさめる
これらのことはローマまで同じだった
はじめて飛んだ鳥を小鳥が歓迎する！
チューリッヒ駅で多くの兵隊さんを見る
スイス皆兵の義務を駐在員の方からきく
朝のラッシュ・アワー　多民族の顔　顔　顔
国際列車のアナウンスは三ケ国語を使っている
窓外に絵本のような景色が続き

カメラのシャッターをどこでおせばよいのか
困ってしまう

聖家族

フィレンツェのポンテ・ヴェッキオまで
道路いっぱいに小型車やオートバイ自転車が
私自身といった風情で走りぬける
ヴェッキオ橋の喧騒の中を女三人かたまって歩く
スリルと好奇心がまだまだある　ようし
ウフィッツィ美術館は朝から多勢の人が開館を待ってい
る
レオナルド・ダヴィンチの「受胎告知」は
マリアが幼ないような若さで
キリストの養親がとてもふけて見えるので
人間的な解釈がしたくなる

夕べのミサ

専用バスでウンブリア地方を廻る
緑の樹木や畑　家々　空や雲の色彩に透明感がある
アッシジに着く
聖フランチェスコゆかりの寺院へ行く
多くの参詣人たち
地下礼拝堂で静かな夕べのミサがはじまる
聖歌をききながら階段を上る
一〇、〇〇〇リラ寄付したいと思い僧職の人が坐ってい
るコーナーへ行く
名前を書くように言われ用紙を受けとる
ローマ字で署名し　ＪＡＰＡＮと書く
五枚の小さい「小鳥への説教」のカードをもらう
おびただしい鳩の群の中を歩く
グリーンの帽子に　ふんが落ちた
ホテルは小さいけれどアッシジにふさわしい
修道院の一室に入ったように眠る

テルニ

聖バレンチノ教会の内部の聖堂にひきつけられる
肌のあらわな服装やカメラはだめだとのこと
トイレット・ペーパーは質素な茶色いもので

遠慮しながら使う
教会の外側で　おみやげ用のシャツやエプロンが売られている
こどもや孫に買って行くのだろう
何人も品さだめをしている
テルニ市の歓迎パーティで市庁舎へ入る
建物は十六世紀のコミューンパレス
テルニは鉄鋼業がさかんで
そのため第二次大戦中爆撃をうけた
そのせいか街の雰囲気が日本の都市に似ている
テルニのメーン・ストリートを歩く
夕方で老若男女を見ることが出来る
見ていると思っているけれど　見られているのかな
スーパー・マーケットの地下でマギースープを買ってみる
専用バスに乗ってマルモレの滝を見に行く
シスターに連れられた小学生たちがはしゃいでいる
学校は終った時刻なのに？
滝は次第に激しく落ちて来る
雨も次第に激しくなって落ちて来る
運転手のアンジェロが気をきかせて
バスを近づけてくれる
泊るホテルは山一つ持っていて山荘風で
美しくしゃれている
夜のパーティに市から観光局の人たちが
数人見える
五さいのおしゃまな女孫と話しているイタリア紳士を
興味深く眺める
ふたりの会話は　音楽のようにも
小鳥のさえずりのようにも聞える
この紳士はエスペランチスト
「日本に一九六八年に行きました。東京と大阪へ」
アッシジに行ったと話したところ
とても大きくうなずく

打つ

バスからローマの城壁を見ただけで息がつまった
街中へ入ると橋の上で中学生ぐらいの男女が

とても上手にキスするところだった
「ああ　ローマがはじまる」となぜか思う
同行の若いY記者と女三人はサン・ピエトロ寺院に入る
ドームの頂上に登るまで急な狭い階段の連続
インド人の家族が四五人　途中窮屈そうに休んでいる
上に出ると　ローマ一望といった感じで
統一された色彩が目に飛びこんで来る
時間がないので　すぐまた降りる
ホテルの窓の戸じまりを心配していたからか
夜中に音がして　急に片足を床に降ろした
バランスをくずして胸を打つ
しばらくタオルで冷やし痛み止めの薬をのむ
翌日の自由行動はスペイン広場から　廃墟へ
有名店をのぞき　タクシーでローマ三越へ
日本語の聞える店内で気持が和む
買った品物をホテルに置いて　また街を歩く
カフェ・テラスで冷たいレモン・ティをのむ
胸は　まだ痛い

帽子

鳥は　帰路へ
来る時と同じシンガポール航空に乗る
給油のためタイに着く
一時間ほど待合所で夕ぐれの空港を眺める
機内へ入る手前で　帽子をとるようチェックされる
学生時代バンドをやっていた三十さいのミセスは
おちちにさわられたと話している
麻薬持ち込み者は死刑と書いている　と
誰かが言っている
第二次大戦前　父の転勤でソウルへ行った
下関から船で釜山に渡った幼年時代
それから五十年
鳥は飛んだ

走る

ゆめの中を走るものがある
スピードを出しすぎて
追いつけない日々
いつから追いかけているのか
風景の中から
本が消えて行く
幼い頃から　本が好きだった
講談社の絵本をいっぱい持っていた
父親が買って来るとは知らず
本は　もとからあるものと思っていた
第二次大戦も　まだ激しくない頃
ソウルの本屋へひとりで行くようになっていた
童話や偉人伝や
ぽつぽつ戦記物も並んでいた
いつも　いつも
買えるわけではなかったけれど
少し大人に近づく気持がして
早く十歳になりたいと思っていた
毎月少女雑誌を買っていたが
少年雑誌にもひかれた
未知なひろがりを漠然とかいでいた
やがて戦局がきびしく
もう本屋になど出歩けなくなる
友だちの家に遊びに行った時
こども向けの聖書物語が何冊もあった
それを一冊づつ借りて読んだ
あれから何十年――
結婚して　働くようになった頃
夏の陽は帰宅時間になっても明るいのだ
丸善からはじまって
数軒の本屋を
立ち読みのはしごをして廻る
数時間は　またたく間にたつのだ
つれあいは　うるし職人で家で仕事をしている
きっと驚いたことだったろう
やさしい人だったのだ

にこにこして　いつも食事を待っている
その人も　今は亡い――
思いがけず
イタリアへグループ旅行をする
テルニ市の中心街を夕暮れに歩く
学生や実に多くの老若男女が
街のあちこちに　たたずんで
人の行きかいと　たそがれを
たのしんでいるように見える
ミラノに十数年住んでいる声楽家のKさんが
固型のマギー・スープを日本に帰る時は
土産にするが　よろこばれると話していた
グループの女の人たちで
スーパーに入って見る
地下に食料品はあった
日本人がマギー・スープばかり買うので
レジの人が驚いている
わたしは　イタリアで食べるスパゲッティの
食べやすさ　おいしさに感じるところがあった

食用オイルの品数の多さにびっくりする
買って帰りたいと思いつつ先を急がねばならない
イタリアの雑誌を見ていたSさんは
色がきれいでしょう　ファッションが参考になると
数冊買う
こどもの絵本で
五本の指の形のが　おもしろかったなあ
アイスクリームを食べたんですよね
フィレンツェで食べたのは　今さっき食べたのより
値段が二倍ですよ
と誰かが言っている
バールで椅子に坐って食べると
立って食べるのより　倍ですよ
ああ　そうですか
それにしても
あちこちのバールに入って
エスプレッソやカプチーノを飲むのは
コーヒーの好きな　わたしにはうれしい
神戸が本店のNコーヒー店には

三ノ宮の店からはじまって
大阪城近くの店にまで足を延ばして行った
Nのコーヒー・カップはちょっと重い
エスプレッソのカップは軽い
でも　重いのもあるかも知れない
わたしはあまり知らないんだ
ヨーロッパにはじめて着いた所が
チューリッヒだった
めざめた時は日曜日で
商店街は休日だったが
とても照明なんかに気を使っているようだ
いつまでも　カメオの
時計のペンダントを忘れることが出来ない
戦時中
こどものわたしは父のためにタバコや
わずかな食料品の売り出しの行列に並んだ
テレビ・ニュースで東欧の行列風景を見て
なつかしさとすまなさを感じる
フィレンツェからローマまで
美しい景色の中を
専用バスで移動する
声楽家のKさんの案内で
思いがけない所にある山荘風のレストランで
ランチをとる
大きく開いた窓
田園風景を見おろしながら
食事をする気持のよさに
イタリア料理は似合うなあ
いちぢくを生ハムで食べる
パンにはさんだバターもチーズも
やわらかく　とけてゆく
コーリャンと薄いみそ汁を
国民学校で皆と食べていたことを
ふいに思い出す
友だちの顔も忘れられない
走るように流れる日々
どこまで行けるだろうか

（『鳥は飛んだ』一九九二年思潮社刊）

詩集〈スマイル——N先生に〉から

スマイル

陶器のイタリアのピエロ
テルニ市でもらったピエロ
小さな　こわれやすいピエロ
旅のカバンの奥ふかく
タオルに包まれてついてきたピエロ
今は午前三時
無防備に生きてきた
謝礼のように
二十四時間見張られている
過不足なく事実を
現実は常識を超えているので
わたしの置かれている状況はわかりにくい
ピエロ！
イタリアから一緒についてきたピエロ
今は　おまえに話そう
わたしは困っている
なやむのは不得手だから
ピエロ
今は　おまえのように
体をほとんど横たえて
スマイルを

膨張する境

失われた楽園に
ふたたび戻れるだろうか
膨張する境
宇宙のそれのように
ふき寄せられた片すみの
カルチャーショックほどの
悪意が日々
膨張する境

ふしはなく　節度もなく
とりとめも無いほどに
膨張する境
気抜けするほどに
笑っていようか
かなしみの気配もないほどに
膨張する境
宇宙の彼方を　めざして
飛躍するなら　今

最後の旅

象が眺めるように
ヴェーサーリーを眺めた
ゴーダマ・ブッダは
「さあクシナーラへ行こう」
ふるさとに近いルンビニを目ざして
わたしの最後の旅は

どこになるだろう
小学生時代を送ったソウルだろうか
夢のような偶然が与えてくれた
イタリアだろうか
小山栄二さんが病床で
「境さんはフランスへ行くといい」と言った
遺言のようなフランスだろうか
高校を卒業した春
友人と近くの小川に入って
小魚を追った
あの野原だろうか
野原は　もう野原ではなくなっている
最後の旅にふさわしい
わたしの場所は　まだあるのだろうか
象が眺めるように
どの土地を
わたしは目ざせばいいのだろう

陽《ひ》の行方《ゆくえ》

太陽は機体の翼の
左に
また右に
流れる雲も
すばやく影を落して過《よ》ぎる
透ける青空
決して媚びてはいけない
近づきながら
すでに遠去かる

なにものかを
拒否して飛ぶ
陽の行方

《洛陽へ》

＊

岡山空港から
日中友好佛教の旅へ
百三十九人を乗せてチャーター機は飛ぶ
西安空港では洛陽へ行く機に乗りかえだ

＊

西安空港につくと
まず広々とした大陸だと思う
この空気は乾いていて
幼時に吸った空気のようでなつかしい
空には午後の太陽がうかんでいる
なにかポカンとうかんでいる
洛陽には一気についた
洛陽空港では
洛陽市と岡山市が姉妹都市なので
「熱烈歓迎!!」
洛陽市の人々　小学生たち　黄色い僧衣姿
お互いにあいさつをかわし
ホテルへ直行する

ホテルの前に岡山で見なれた「両備バス」が
三台とまっている
わたしたちは何に乗ってきた？
夜の食事は洛陽市側の招宴となる
まずは乾杯《カンペイ》！
中国のビールは軽い
テーブルをぐるぐるまわしながら
長い箸を使う
ホテルで同室になるミセスは
そっと梅干と奈良漬を出している
「どうぞ」とすすめてくれるが
「何でも食べられるので」と
疲れて部屋へ入る
洗面の湯はたっぷり出るが
バスの方はにごったぬるい湯だ
入浴をあきらめる

＊

翌日
ホテルの中庭で
有名な洛陽の牡丹の花を見る
気品があってなつかしい花
たっぷりとした大陸の
夢の続きだと思う

＊

白馬寺で
日中友好佛教の法要を　おごそかに行う
昼食も　広い僧堂の一室でとる
洛陽の味つけは少しからいが
あんの入ったむしパンや　かたくりだろうか
とろりとした甘いのみものの中に
フルーツが入っていたりして
バランスがとれている

＊

龍門の石窟を見に行く
Nテレビで見たと思うが

実物はスケールがとても大きい
人間は　いつの時代も
何かを表現したい　いきものだろうか
時の変化で
人物の表情やおもざしが変って行く
細面からふっくらした顔
立派な佛像の立姿の前で
なんだか泣きたくなる

＊

洛陽駅の売店で　小粒のリンゴを見つける
一袋買う
さあ　これから西安へ汽車の旅！
車内は四人掛けでゆったりしている
真中に白い小さな卓がついている
いつ出発したのか
駅のアナウンスも　車内放送もない
途中数ケ所の駅に止ったけれど
これは西安駅迄同じだった

ひどく不思議な感じというか
ふかぶかとした気持として残る

＊

白湯《さゆ》のサービスが何回かあって
日本茶やジャスミンティをたのしむ
窓外の景色は
いつ迄も続く広い空　低い丘　樹々　畑
午後の太陽が　ういているように見える
「あなたを見にきたのよ」
と　時々口の中で言ってみる
小麦やにんにくを植えている
菜の花畑も本当にゆったりと続いている
列車のスピードがおちる
線路工夫の人たちが働いている
黄河が見えるときいていたが
なかなか見えない
土の家に洗濯物を干している
入口に戸のない家々

しかしレンガで門はしっかりしている家もある
帰ったら　南側を板塀にしようと不意に思う
自転車に　一ぱいの荷物を乗せて
老人が通りすぎる
黄河は　いつ現れるのだろうか
陽《ひ》はだんだん茜色になって行く
誰かが
「黄河だ！」と叫ぶ
立ち上って急いでカメラをかまえる
はるか向うにキラリと光るものを見た
黄河の支流だろうか
洪水になったら
この近く迄押し寄せるのだろうか
座席にほっと大息《おおいき》をついて坐る
西安駅にだいぶ遅れてつく

《西安》

＊

大勢の人々がうす暗い駅に群がっている
不安がまじるがなぜか「異国情緒」を感じる
添乗員が「夜の外出は気をつけて下さい。パスポートは
　預けて下さい。絶対持って行かないこと」と
大声で説明している
ローマと同じだなあと思う
かけがえもないような古都の魅力と
人々のかもす狂気のような危険なかおりだ

＊

西安のホテルはヨーロッパスタイルの朝食！
クロワッサンとオレンジ・ジュース　パイン
コーヒー　ちりぢりのベーコン　黒パンをとる
ゆっくりとゆったりと窓外の樹木を眺める
このホテルは世界的なチェーンホテルで
七・八ケ国語通用するという
欧米人の旅行者の姿を眺める
英語とフランス語の会話を耳にする

＊

バスに乗って大雁塔を見に行く
小学生の集団が手を振ってくれる
自由市場を　人々を眺める
ポプラや槐《えんじゅ》など四車線の長い街路樹が続く
緑をかけ抜けて空に向って行く気持
大雁塔で番人が見物客のショルダーバッグ
を　うばい返す
映画のシーンのように眺める

＊

華清池に行く
温泉保養地のおもむき
唐の玄宗皇帝と楊貴妃が
度々おとずれた場所
楊貴妃の入ったという浴場を上から眺める
入湯するための石段もついている
通訳の若い女性が
「楊貴妃は飛び込んで入り、泳いでいたでしょう」とい
う
なよなよした楊貴妃を女官が体を支えていた
りしていたなんて
ぶっ飛ぶ発想！
玄宗皇帝の浴場はやはり大きく別にあるのだ

＊

これが柳絮《りゅうじょ》だ
これが柳絮だ　と目の前を飛んで行く
わたのようなものを見ながら歩く
街中のレストランで夕食をとる
八時近くなっても空はまだ明るく
窓外の街路樹の緑が
くっきりと美しい
外へ出ると
露店がいくつも出ている
鳩を売っている
人々はゆったりと

自転車に乗って通りすぎ
時も所も忘れて　わたしが
今　ここにいるふしぎ

＊

西安空港へ！
もう来ないかも知れない場所
さようなら
やはり太陽が広々とした空にいる
免税店はあいにく休日で閉まっている
機内に入る
窓際に坐る
翼で下が見えない
空と雲と
陽の行方を眺め続ける

（『スマイル――N先生に』一九九七年思潮社刊）

詩集〈ソウルの空〉から

露ほどの

かたちが無くなって
次第に　ほどけて行く
露ほどの　のぞみを捨てれば
得られるかも知れない
魂の行方
音は近づき　遠のき
ひろがっている幻想
重くなく　軽く
また軽く
浮き上っている
はずしている音階
乱れている足もと
誰の期待も裏切って
知らない場所に立っている

激しく　つたない生き方で

ナナフシ

もしも生まれかわれたら
密林の蝶になりたい
と　むかし言ったことがある
どの蝶になりたい？
アマゾン・蝶の標本前で　友がきく
今は　羽根の光っている大きな蝶や
姿の美しい蝶より
ナナフシの標本に
みとれている
もう　生まれかわることも
いらないと思いつつ
ナナフシになっても
困るだろうと
真剣に考えている

立っている

よびさまされ
記憶が立っている
しわのあるわたしの前に
童顔の旧友がいる
難聴だったその人は
十年目の再会の時
耳を失ったと告げる
大きな声で
話し続ける友と
時折　筆談で質問しているわたし
はたちの頃
春の陽をいっぱい受けて
ふたりは　つくしをとっていた
よく笑った　あの頃
かえらない　あの日が
消されないまま
立っている

海を見て

激しさを置き忘れて
海を見ている
友人の車で人工島から
見る海
十代を共有した三人が
老いを見るように　海を眺めて
おしゃべりも食事もたっぷりとしたあとで
海を見ている
つゆの晴れ間に出た月は
満月のようだ
少しおぼろに　わたしたちを見ている
車の運転をしたのは
ガンの手術をした友だ
ピアノが得意だったが
今は車が好き
麻薬のようだと言う
もう一人の友は　画家の妻で
猫を十一匹飼っている
また三人で
海を見られるだろうか
だまって
海を見ている

「サボテン」

空気を吸いこむように
わたしは見た
空や雲や海や山を
それ以上に
人に魅せられたことは?
「サボテン」とあだ名をつけられた
少女がいた
「サボテン」は元気ですか

「サボテン」の家に行くと
小さい弟妹がたくさんいた
「サボテン」はやかんに白い砂糖を入れて
わたしに　さし出した
弟妹がコップを出して　さわぎ出す
みんなで　砂糖水を　のみおえた頃
「サボテン」のお母さんが帰って来た
こぼれた砂糖を見つけて
大声で「サボテン」を叱ったお母さん

これは
戦争中の思い出！（ソウルに住み小学生の頃）
サボテンを見ると思い出す
「サボテン」のことを

＊戦争中、砂糖は貴重品

大陸の秋

一時間あまり
バスの窓外に
水平について来る夕陽を
み続けて
大陸の秋
寄りそって生きている
つき放して眺めている
激しくも　やさしい秋を
空は　いつまでも明るく
わたしは　ためされているのだろうか
どこまでも　運ばれている
一つの種子が
今　はじけて

蛇のスープ
鳩のくんせい
田うなぎの甘辛風

右隣りの席に有休をとった日本のわかもの
左隣りの席に通訳の中国の役人
みんなで食べている鎮江市の料理を
何でも食べるのだ　わたしは
月は　満月に近い
この日みた夕陽は
寒山寺だった
森鷗外の
寒山拾得を思い出したが
平地に建っているこの寺に
現代の寒山拾得はいるのだろうか

武田泰淳や堀田善衞が
第二次大戦前に住んでいた
上海
内山書店
戦時中に少女の林京子が住んでいた街
その上海に　わたしが　今いるふしぎ
夕陽は巨大なビルの合間に

大きく姿をあらわす
黄浦江《おうほ》の流れる橋をバスは通る
陽は落ちて
空に浮かんだ満月を非現実のように
まぶたに焼きつけている
照明は　北京の夜よりも　ぐっと明るく
経済的な　エネルギーを放射している
名月をみて　月餅《げっぺい》を食べる
パズルのような
数日を送り
大陸の最後の夜
ふと　思い出す
青島《ちんとう》にいた長兄を
戦時中に防寒靴を　送ってくれたことなどを

何も彼も　遠くなる

への十番

一九四五年の春　ソウルで
女学校を受験する
受験番号を　兄がきく
「への十番」
戦時中だからＡＢＣは使えない
「への十番か」
もう　だめだよと　兄が云う
いろはにほへ
一番最後の　十番なのだ
半数も落されると云う
「私立は受けなくてもいい」と父が云った
「への十番」は合格
しばらくして兄が入隊し
日本は八月十五日　敗戦を迎える
その時　ソウルは　わき返ったのだ

ギリシャ

写真を友人があげると云う
ギリシャの白い建物と碧い海と
青い空が写っている作品をもらった
ギリシャを旅した友の
眼がとらえた　すべて
永瀬清子さんが
詩誌『黄薔薇《きばら》』に
最後に書いた詩が
「ギリシャ」だった

　幼い時はじめてみた映画で
　人魚たちはギリシャの海をうたいつゝ泳いでいた。

と冒頭に書いている
「先生　ギリシャに行かれたことありますか」
永瀬清子さんは「行かなかったのよ」と
はるかなところを見るような眼で答えた

永瀬清子さんが歿《な》くなって
いろいろなことを思い出す
「先生　私もまだギリシャは見ていません」

ソウルの空

ソウルの空は
スモッグにおおわれた大都会の姿で
きみを迎える
引き揚げてから五十四年ぶりに
金浦《きんぽ》空港から降り立つ
関釜連絡船と鉄道で　はじめてソウルに
着いたのは六十年前だった
この都市は幼いきみを　ひきつけたが
一年後に　母はこの街で歿《な》くなった
それから一年後父は再婚した
きみが十三さいの夏
日本は敗戦となり　二ケ月後に
児島《こじま》に引き揚げた
引き揚げの時父も新しい母も荷物を背負っていた
きみは満一さいの弟を背負う
その弟が韓国格安ツアーに出発する
きみに　小づかいを送って来たのだ
詩を書く友が三人いっしょの旅だから
きみの緊張はやわらぐ
晩秋のソウルは意外に暖かく　宗廟《そうびょう》で
紅葉も黄葉も見られた
母が歿《な》くなったのも　この季節だ　と
ふと思う
あの人は　きびしかったから　きみは
中将姫にあこがれたのだ
板門店《はんもんてん》をバスで見に行く
若い兵士が立っている
バスの窓から隣席の友が　写真をとる
観光地のように見学出来る建物がある
その中に入る
北朝鮮側から　街宣車なみのボリュウムで

エンドレステープのような声が流れる
好天だが　もやが一面に広がっている
ふだんは　むこう側の民家が見えるそうだ
三十八度線と云っても地続きなのであるが

この国は
いつ統一されるのだろうか
漢江の呼び名も北と南では
異なるとガイドから聞く
広々とした漢江よ
今は橋が十五　架けられているそうだ
きみの知っている真冬の漢江は
凍結すると　そこかしこに丸い穴をあけ
魚をつる人たち　荷物を引いて歩く人々の姿があった
現在・江南アパート群！
北漢山の姿だけが
きみの記憶どおりだ
バスは鐘路《しょうろ》を通る
その一角でバスを降り

地下の店内に入る　商品があふれている
日本語も　日本円も使える
何も買わずに地上に出る
夕方の鐘路を　ゆっくり眺める
車に気をつけながら前方の食べもの屋へ行く
あげたてのギョーザを一つづつ
たれをつけて立って食べる
午後六時半　あかるさが残っている
またバスに乗る
賑やかな光の帯が流れる　明洞《みょんどん》！
元町や本町のあったあたりだと思う
なつかしさがこみあげる
東大門国民（小）学校　京城（現・ソウル）薬専　京城
師範
中区黄金町《こがねまち》　きみの住んでいた町の名だ
引き揚げ後数年たって朝鮮動乱が起ったのだ
都市の高層化もあり
すっかりアトカタモ無シだと思う
ソウル特別市と今は言う

バスは南山を通っている
ホテルや大使館や見知らぬ大きな建物ばかりだ
きみが　はじめてソウルで住んだ家は
南山に近い坂道にあった
十四夜だと思うが　見当もつかない

都会の光の中で　南大門が浮きあがって見える
バスを降りて南大門市場に入って行く
きみはうるち米で作った丸い棒のような
餅（トック）を見つける　四つ買う
焼いた餅を友人たちと食べる
いろいろなキムチのにおい
油をぬって塩味のする海苔をみやげに買う
バッグや魚や衣料の店がギッシリと並ぶ
人々の売り声や話し声でソウルを実感する
今は　誰ひとりきみを知っている人はいない
ソウル
きみの記憶だけが浮き立ってくる

（『ソウルの空』二〇〇〇年思潮社刊）

詩集〈道〉全篇

もっと自然に

ふしぎな色を見た
海の底から　むき出しの肌が
ザラついた生身の色を
浮かべたのだ
その色が　光と音になって
地上に　あらわれる
その瞬間を　ゆめみる
はるかな遠い宇宙から
送信されて来る
激しいリズムが
やさしさになって溶解して行く
カムバック　トゥ　ミィ
もっと自然に生きよ
どんな困難が　やって来ても

おそれては　いけない
晴れた日はテンポよく踊ろう
なやまないことが
なやみから　からだを
引き離す方法だなんて
知っていた？

小田切さんのハガキ

小田切さんが歿《な》くなった
最初で　最後のハガキがある
'99年4月5日・荏原《えばら》の消印
　拝復。かって通教で学ばれ卒論を小生に提出されたよし。記憶をたどると　おぼろにそういう学生がいたな　と　いう気がします。
これが小田切秀雄さんが　わたしに下さったハガキの出だしだ
若い日　法政・日本文学科の通教生であった
出会った頃の小田切さんは　さっそうとした
雰囲気で「小林多喜二」の講義は
学生が廊下まで　あふれた
「記紀」の西郷信綱氏も人気があった
「国語学」の西尾実氏は　白いパナマ帽と
白いスーツ姿であった
「記紀歌謡」に興味があったが
卒論は三好達治をえらんだ
スクーリングの時一部の学生が来て校歌と
共に「原爆ゆるすまじ」等の
歌唱指導をしてくれた
学生運動のオルグもあった
四十五年前のことだ
「職場の詩・サークル詩運動」と
結びつかない三好達治を
わたしは関連づけた
卒論面接の時小田切さんは　その点を突いた
「無理に関連させたのです」とわたしは言った
小田切さんは大いに笑った

「あなたは詩を書きますか」
「はい」と　小さく答えた
「この卒論には模倣がない　そこがいい
　あなたが詩を書くことに免じて　この卒論を
　みとめましょう」と小田切さんは言った
文芸誌や　本屋で　小田切さんの名前を
見るたびに　何か宿題がある気がした
新聞で　文芸評論家の小田切秀雄さんが外出中に
転んだことを知った
わたしは自分の詩集『スマイル』を送った
そして予期せぬハガキが届いた
『スマイル』の感想とはげましも書いてあった
はじめて卒論を仕上げたと思った
小田切先生
さようなら

手紙

砂漠に行きたいと思っています
ロサンゼルスに住んでいる友に手紙を書いた
砂漠に行けば
何か見つかるのではないでしょうか
尊敬している詩人に
未知なものを探すのは　他の人にまかせなさい
此処を　児島の現実を書きなさい
と言われました
それは　とても大切なことだと
わたしも思います
地上から足が離れてしまった
敗戦の日
それから探し続けているのです
破片となった
途方もなく果てしないものを
やはり砂漠を見たいと思います
ロサンゼルスの友からのエア・メール

夢は　いつまでも持って！
どんな夢なのか
今度会った時に　聞かせてね　と
未知への旅の　手がかりを

冬が近づく前に

老いた父を看病していたとき
無性に紅葉が見たかった
冬が近づく前に
はなやぎがほしかったのだろうか
友の車で
くもり空の海を見に行った
瀬戸の小島はかすんで
空と海が
いつもより広く見渡せた
海辺の砂に
鳩が十数羽

散歩している
しばらく海を眺めてから
友の車は　山へ向った
黄葉と　紅葉の木々に
予定になかった
うれしさで　笑いたくなってくる
どこまで行けば
約束しなかった
約束が　果たせるのか

風の歌

砂漠の風が
アカペラのコーラスに聞えて
からだが　その方向にすいよせられる
太陽の軌跡が
奇跡のようにおもえて
風の歌が

エブリディ　エブリディと
くりかえされて　聞えてくる

本屋の店頭に立っている
わかものが
「あっ　しまった」と
ひとりごとを言って
急いで歩きはじめる
すべては　なにもかも
すぎるのだと実感する

破壊の可能性を
最大限に利用して
あいまいさが　一気に
エネルギーに転換してしまう瞬間《とき》

ごくありふれた日常が
いとおしく思える日
無名で生きている

強さと　弱さを　ないまぜにして
風の歌を
きき続ける

児島と広辞苑

「——あちこちうろついたりして、おどしなどを働らく
　ならずもの。」
広辞苑の「ごろつき」を引くと
そう書いてある
それでは平成二年から　わたしが受けている
行為は車を使った「ごろつき」なのだろうか
岡山や倉敷で雪が降っても　めったに
わずかな雪も降らない温暖な地　児島
瀬戸内海の多島美を一望出来る鷲羽山《わしゅうざん》や
下津井《しもつい》　古歌にも歌われている唐琴《からこと》の海
真言宗の有名な寺を持つ由加山《ゆがさん》
塩田王だった名残をとどめる野崎邸など

見るべきものは沢山あるのだ
しかし　わたしは困っている
詩人・飯島耕一氏は
児島の現実を　いきいきと
ユーモラスに　そしてエロチックに
詩で表現しなさいと言われた
紙一枚動くか動かないかの　かすかな音も
ききのがさぬ盗聴と見張りや尾行が続く
それを二十四時間体制でくり返す
単車や小型・ライトバン・乗用車等で十数台
時にはS急便や　F通運等でも動員する
組織化されているグループのようだ
困ったことに　わたしはド近眼
なかなかエロチックには児島の現実を
詩で表現出来ないのだ
盗聴や見張りや尾行を
ニセ鳥を使って知らせ続ける
夏はニセ蟬も使うのだ
夜には電波を入れられたり

乾いた音も入れたりする
東隣りを仕事場に借りて裁断をしているA氏
そこに出入りの車も加わっている
盗聴の恐しさは
自分は何も不審な者ではない
と　開きなおれないところだ
自宅の庭にいても　縁側に坐っていても
車で途だえぬように　左右から
前や裏の道を移動しながら取りかこむ
A氏に「県外でも国外（中国・韓国）でも
つけられている」と言われたことを
警察に届けても　なかなかラチがあかない
児島は嫌いか　と問われたら
やはり愛着はあるのだ
幼い日
今は観光名所になっている野崎邸の中を
自由に歩いたり走ったりして遊んでいた
野崎の第一番頭を父に持つ
徳永ルミ子ちゃんと出入りしていたのだった

小学生になると小田川の前の道を通って
岩井酒店に入る
そこの洋《よう》ちゃんと毎日味野《あじの》小学校へ行くのだ
洋ちゃんが仕度くに手間取る時
女学生のお姉さんが　酒かすやミリンかすを
少しくれるのだった
このままでは酒のみになっていただろうか
父の転勤で玄界灘を渡り　京城
今のソウルに行ったのだ
時たま　洋ちゃんに会うとその頃にかえれる
明るい児島の陽光をあびて
深呼吸する
そして　時々　広辞苑の
「ごろつき」を引く

流れる

水が流れる
どこから？
わからない
そのままで　とべ
いつわりの人生など　ないと思え
打楽器の音がきこえてくる
見えなかった　さそわなかった
彼方から
すでに水の音は消えて
人の動きに似た　打楽器の音だ
足音はしない
空がかがやいている
はじめての音がきこえる
人の声が　もれる
地団駄をふむ音
こどもは　消えた
音がゆれる　わき水が流れる
音が澄む
これ以上は無いといった　澄みかたで
いたらなかった　おもいが

つみかさなって
涙の　かれ谷を渡って行く

忘れる

年のはじめから
旅の夢ばかり見るので
一泊だけだが九州へ行った
詩人で作家である講師の話をきいていた
詩は文学の中心であるから　詩を書く人が
童話や小説を書いてもリズムがある　また
中国の青島《ちんとう》の美しさを言われた
長兄が青島にいたことがあった
いつか行きたいと考える
講師が若い日に書いた「なめくじの恋愛」の
話はエロスがあった
そのあとビル九階のシャンデリヤが
「チン　チン」と音をたてた
「地震！」と何人かが声をあげる
震源地は呉だと知らされる
呉からも友人が来ていた
岩盤のところに家が建っているから
大丈夫とのことだった
翌日　太宰府天満宮に行く
友人と「とんこつラーメン」店に入る
呉の友人の好きな「メンマラーメン」を
食べた
細めんで　かたゆで　白いスープもおいしい
梅ヶ枝餅を　みやげも入れて三つ買う
おみくじは「小吉」だ
何も頼まずに　おさい銭を二百円入れる
地震の影響で　帰路の新幹線は
二十分おくれた
家に帰ると柱時計が落ちている
何か忘れていないか
三十年も前に
太宰府天満宮に行ったことがある

病気がちだった夫が　天満宮の　どこかの
額の文字を書き写して来てほしいと言った
すっかり忘れていた　夫は　もう亡《いな》い
思い出すこともなかった　忘れものを
今　ふいに思い出す

道

苛酷な運命に
すべてを捨てて
ついには
自分の命さえ捨てた人の
辿った道
山脈をのぼり　国境を越えて行った
その道を　上空からとった現在の写真は
車の道が　縦横に幾すじもあり
まるでコンピューターグラフィックスの
画面のようだ

けわしい山脈を通り
海岸線へ出ても
その先は　ゆきづまりの
人種の差別が待っていた
生きている時代は　その人間にとって
いつでも過渡期なのだ
生まれた時からの
長い　いくさのにおい
また　うまれてくる
きなくさい　におい
人々は　ガーディニングにはげみ
植物たちが　人間をいやしているが
道は　どこまで続いているか

ソウルの道

ソウルの道を歩く
引き揚げ以来五十数年ぶりで

一昨年はじめて韓国をおとずれた
その時は　わずかに南山をバスから眺め
宗廟を歩いただけだった
今度はソウル特別市中区のホテルに三泊する
フリープランだから　ソウル通の知人の案内で
友人たちと歩けるからうれしい
街路樹が大きく伸びて
わたしたちを迎えてくれる
アカシヤ　プラタナス　いちょうの並木が続く
車は多く　排気ガスのにおいがして
以前来た時は　スモッグの空しか見ていない
わたしは　小学生時代をこのソウルで送った
高く　すい寄せられるような青空を
日本に引き揚げてもあこがれ続けた
昨日　新しく出来た仁川空港に着いた時は
雨だった
今日は青空　なつかしい空　あいたかった空
地下鉄の階段をおりて長いホームを歩く
はじめて乗った地下鉄で席をゆずられる

これが　この後も続く
年輩の方から　日本語で話しかけられる
若い友人が「日本語がお上手ですね」
と　声をかける
「今の七十さい以上の人は皆日本語を習いました」
わたしの胸が痛む
しかし　この後も数人の方から
笑顔で話しかけられた
ソウルの道を
ひたすら歩く
空を見あげる

ソウルの庭

青空の中で工事中の景福宮に行く
小学生や中学生が学校から見学に来ている
わたしも小学生の時　学校から来たのだった
記憶の中で敗戦後一度も会わない級友たちが

小学生の姿のままの格好で歩いて来るようだ
背後に見える北漢山も
むかしの姿でそびえている
昨日南山を車で降った時も
ああ　ここは　わたしがはじめて住んでいた
家に近いと直感のように思った
今は大使館や立派なホテルや高級住宅街です
と　案内の高《こう》さんが教えてくれた
第二次大戦前に　ソウルへ父の転勤で渡った
母とわたしは人力車で
南大門を通ったことを　ふいに思い出す
その母は　いくさがはじまる前に
大学病院でなくなった
その日　黄葉や紅葉がしきりに落ちて
地面をおおった
その風景も　わたしにはソウルの庭なのだ
おそい春がやって来ると　一気に
れんぎょうや牡丹　桜の花が　ひらいた
近所の人たちがさそいあわせて野山を歩き
アリランやトラジの歌声をきくのだった
それは　戦争が激しくなる直前まで続いた
夢の中の出来ごとのように
今のわたしには思える
ソウルの庭は
いじけずに　ゆったりと
樹木を広げている

ソウルの街

ソウルの街は
こどもの時の記憶が　わたしを誘い続ける
元・新聞記者のＹさんが
鐘路区寛勲洞の古書店へ入って行く
京城時代の日本が作った市街地図がありますか
店主は大正三年刊十三枚綴りのが
日本円で五万円ですと答えた
七十すぎの男性で日本語も漢字も書ける人だ

黄金町《こがねまち》は？　東大門小学校は？
京城師範（男子）は？
どのあたりですか　とわたしがたずねる
黄金町は今の乙支路《ウリッチロ》です
一街から五街までありますと答えてくれる
なつかしい風が吹いて来たようだった
Yさんは記念にと言いながら
古書店主とわたしを写真にとった　Yさんが
その写真を　いつか店主に届けてくれるだろう
小学生の頃　ひとりで行った本町《ほんまち》の本屋
その本町が　にぎやかな明洞《みょんどん》だとわかる
明洞も歩いた
人々が波が寄せるように歩いて来る
骨っとう街の仁寺洞で　友人たちが
青磁や白磁のつぼを見ている
引き揚げの時　父が朝顔の茶わんを
ひとつ持って帰ったことを思い出す
晩年　それをわたしにくれると言った
しかし　いくら探しても見つからないのだ

三泊したホテルは中区にあるコリアナホテルだ
その近くに徳寿宮がある
中に入るとギリシャ風の建物があった
国学院に留学したと言う若い男性が
日本語で説明してくれた
この建物は日本が植民地時代に造ったのです
わたしは東大門小学校二年生の時
この前で学級写真をとりました
よく　こわされずにあったと見上げる
庭の広さが　もっとあったと思うのですが——
ええ　この三倍の広さでした
朝鮮動乱もあり皆生きるのに大変だったと思う
南大門市場や　東大門市場も
品物と人々であふれ活気がある
東大門市場の中で　ひとりで休んでいる時
中学一年位の女の子が　わたしの近くへ坐る
かたことの英語で話しかけてみる
わたしは小学生の頃　乙支路に
住んでいました

女の子は新しく買った　ズックのひもを
いじりながら　笑顔でうなづく
ソウルから引き揚げた頃
わたしも　この女の子ぐらいだったと思う
おみやげを買った友人たちと外へ出る
目をあげると
東大門が　しっかりと
夕ぐれ前の明るさの中に建っていた

まつり

祭だ
だんじりだ
かけ声だ
ハッピだ
リズムだ
走る　走る
黒びかりした顔の
男女のわかものが
無数の動くかたまりとなって
こどもたちも走る
見ているものも走る
小雨だ
雨だ
どしゃぶりだ
ぬれながら
だんじりの列は続いて行く
見ているものも　走る
傘をさし　人出の中ではぬれながら
祭もアートだ
古代から　祭はあっただろう
血の中のエネルギーを　発散して
だんじりが行く
何台も　何十台も
見物人も　何万　何十万にもふくれあがって
生と死が
渦巻くように

＊岸和田のだんじりを友人たちと見る

ある夏

蟬が鳴く
名残りの百合が　さびしげに咲いている
いやな現実を手放してみるか
声がかれるまで怒鳴っているのは誰だ
老婆ではないか
びっくりした人の視線がすぎる
遠い　ふるさとの追憶が
これから老いてゆく者を
勇気づけるだろう
年々歳々　ひと同じからず　と
じゅもんのように言ってみる
耳をかたむけて
ブラームスをきいている

自由な軌跡を描いて
トンボが飛んで行く
山を見に行こう
雲が浮かんでいる
いま先まで怒鳴っていた老婆が
窓の下に椅子を出して
放心したように坐っている
ゆきくれて
静かに坐っているのだろうか
ブラームスをききおえて
これから老いてゆく者も
草を刈る

冬

寒さにおじけて
友との約束をキャンセルする
京都へ行って

イタリヤ美術展を見る予定を
野宮《ののみや》の
真っ青な竹の群を
何十年も前に見た

あの時のふたりは若かった
ふかい意味もなく
はなした　ひとことに傷ついて

京都は時々行きたくなるが
どこか　苦手なひとにあうような気持になる

春

零下二十度の戸外でも
リンゴ一つ持って　丸かじりしながら
こどもたちは遊ぶ

戦争は　はじまっていたが
B29と　いう言葉は知っていた
防空頭巾や　ひなん袋には
住所と氏名と血液型と
出身県が書かれていた
担任の加藤良子先生の出身は愛知県だった
美人で若い独身の加藤先生は
時々　ヒステリーをおこした
屋上の奉安殿の前に
組全体で坐らされた
だから　わたしたちは春を待っていた
雪が降った　という記憶が
あまりないのに
隅に寄せられた雪が　泥水のように
とけはじめると　春が来たのだ
れんぎょうや　牡丹や　さくらの花が
一せいに開いて
わたしたちは加藤先生に別れるのだ
どうして美しい加藤先生は

怒っていたのか　わからない生徒たち
それぞれの希望した女学校に
入学すれば
うれしい筈だった
皆　ちりぢりに
あいさつもしないで
この地を　去らねばならないとは
まだ　知らないままで

花は

桜の　はなびらを
理科の観察で
こまかく調べたことがある
李王家の広大な庭の
夜桜は美しかった
第二次大戦がきびしくなると
そのよろこびは消えた

「歴代天皇総覧」が
ベストセラーになっているとは知らずに
その本を買った
国民（小）学校五年生の時
「ジンム　スイゼイ　アンネイ　イトクー」
と　声に出して覚えていると
「何を言っているのか」と父が言った
「天皇陛下の名前」と答えると
「フキンシンなことを」と父が真顔で言った
学校の宿題で百二十四代の
今上（昭和）天皇まで
暗記しなければならない
夜おそくまで数日かかって覚えた
後日　関西で育った友人にたずねた
「私たちは　校長室に行って唱《とな》えたよ」
と　教えてくれた
京城（現・ソウル）では
そこまできびしくなかったが
百二十四代今上天皇の名前まで唱えると

なぜか　最後に
「ギョメイ　ギョジ」と言った
上半身はだかで　男女の生徒が
運動場を何周も走らされた
胸のふくらみかけた女の子は
とても　いやがっていた
その頃のわたしたちは
銃後の少国民だった
しかし中学や女学校の進学のため
暗くなるまで　補習授業もしていた
校庭は　掘りおこされて
さつまいもやトマトが植えられた
校舎は三階建の鉄筋コンクリートで
屋上もあった
スチームやストーブの設備もあった
服装は自由だったが
やがてスカートはもんぺになった
防空頭巾や避難袋も身につけた
女の子は　なぎなたを習った

男の子は少年飛行兵や軍人
女子は従軍看護婦にあこがれた
わたしは　サボテンとあだなのついた
友人と府立第三女学校に進学した
サボテンは　他校から一番で入学した
生徒から手紙をもらった
「花は桜木　人は武士とは言うものの
東武士《あづま》には　かないませんわ」
と書かれていた
サボテンも　わたしもびっくりした
入学すると「雲母《うんも》はぎ」の作業をしたり
農機具小屋へ出入りした
わずかに　勉強もした
真っ赤なカンナが校庭のすみに咲いていて
空は高く青かった
昭和二十年八月十五日を迎える
それまでの日々
ただ一生懸命だった
本当に「さようなら」も言わずに

そして言えずに
サボテンや多くの友と別れた
その土地を離れた
ことしも　岡山・後楽園の桜並木を
眺める
桜の　はなびらを
理科の宿題のように
しばらく眺め
むこうから
サボテンや　多くのともだちが
やって来るように
いつも思うのだ

ひびきあう音

冬の夜を
ひとり苦しんで
やまいの重さを知らずに

Yさんは逝った
最後のお別れをしようと
友人と二人で
白や黄色の花にかこまれた
Yさんの足もとへ
そして顔のそばに　一本づつ
花を置いた
小さな顔は　人形のように
また天使のようにもおもえた
アルカイック・スマイル
古拙的微笑のように
あとから思えた
夕ぐれは　物のかたちを
抽象にみちびいて
具体的なものに　とらえられた
わたしたちを
徐々に開放して行く
やさしいYさんが
血の色に染って行く

ショパンやモーツアルトのピアノ曲を
このんでひいたYさんに
ひとすじの激しいおもいが　あったのではないか
ガラス絵の中に
あなたの微笑を　とじこめておきたい
けれども重要なことは
純粋な色彩の中へ
そして外へ
あなたは飛び去った
ひびきあう音をのこして

ビニールの家

少し奥の方に住む
老婆の葬儀に　はじめて行く
古い木造の二階建の家屋が
ビニールにおおわれている
芸術家の仕事に
ポン・ヌフを布で包むアートを
テレビで見たことはあったが
五十さいをすぎた息子と　ふたりで
くらしていた　ひとが
なぜ　すまい全体を
ビニールで　おおったのか
ふきんしんなことだが
写真を　とりたいと思った
買物袋も　すべてビニールのものは
洗って干していた老婆だった
と　あとで知った
湿気の多い土地で
外出もあまりせずに
日々を　ビニールでおおわれた家で
老いて死んだひとに
なぜか　気持がたかぶる
焼香して　写真の顔をみる
笑っている
不意をつかれたように

息をのむ

出口

壁におしつけられて
その人は泣いた
ゆきどまりの路地で
ひとり静かに泣いた
最後の瞬間まで　あきらめないで
絵をかく
こころまでタイホ出来るのか
死のにおいを散らして
数多くの人々が死ぬ
理由もなく殺される人々
地獄におちるとは
どう言うことなのか
理づめではなく
肉体をむしばまれて行く

死にしょうぞくは着たくない
極度の不安にむしばまれて
人々は殺されて行く
大量の死が
日常に　ころがって行く
希望はなくても
生きなければならないか
墓地に　ほうむられた人は
まだいい
内気で孤独な絵を
生涯かいた人の墓に
薄陽《うすび》が　さしている
「出口のない美術館」に
その人の作品がある
幸せな思い出を　かいた絵もある
出口は
あるのか

球界散歩

眼球を　検査機具におしつけて
今日は　はじめての
球界散歩だ
「右も左も　白内障です」
右と左の眼球を　別々にのぞく
のぞかれているとは知らず
くらしを変えていた
赤　青　黄色の
異星空間に入って行く
別の検査機具の前に坐って前方をじっと見る
右目で見ても　左目で見ても
海底の中に　藻くずが沈んでいるように見える
宇宙を　かかえて生きている
天体の一つとなって
シュールな世界を
次々と探検して行く
球界散歩

瞳孔をひらく目ぐすりを
二回も　さしたので
戸外に出ると　空が真《ま》っ青《さお》で
道が白く　どこまでも反射している
キラキラと　夏の真昼に
異星人となった
わたしが立っている

展開

卵が浮遊している
何千何万の
まさに百花りょうらんの
花の群れの上を飛んで行く
とんでもないことが
日常となって
わたしたちを苦しめている
なぜと問う前に

人々は　答を知ってしまった
「かわいい」と言う
言葉がハンランして
やさしさだけを求めたがる
醜悪な現実を
展開して　新しい
図面をほしがっている
永遠と言う　ことばを
失って　詩を書いている
わたしたちの生は
未来を過去に
抱きこんで
現実が危うくなって――
冷えた　からだをいやす
何千何万の卵が
浮遊して行く
卵は　急激に色彩をなくした
花々の上を飛んでいる

生きて

暗室のような
くらさの中でベッドにねかされる
パッと赤い光が目に入る
瞳孔をひろげる液をさされて
一瞬　目の中に魚の骨格の形があらわれる
また　目に赤い光が入る
今度は鳥の形があらわれる
さまざまな白内障の検査を受ける
カブトガニは十三回脱皮するのだと
笠岡カブトガニ資料館で知った
幼い頃はやわらかいので
大きい魚に食べられる危険が多く
生きていくことは大変なのだと知った
現在カブトガニは「生きている化石」と言われている
カブトガニが　そんなに貴重種とは知らず
以前カラカラになった
カブトガニをもらったことがある

窓の外に　つるしていた
右目が不自由になって
今まで見えなかったものが
あらわれるのか
わたしは本当に何が見たいのか
生きて

光だけが

テレビの化学番組で
「カンノウキ」と講師が言った
「感応」かと思っていたら
「官能」＝基だった
初夢も見ないで
二〇〇三年が　はじまる
言葉にキャッチされ続けているのに
言葉につまる
流動する日常の中で
停止する思考
ろうそくが　とけ出すように
流れ続ける「時」よ
おそれずに行きなさい
と　励ましている自然の中で
なぜか不自然に生きている
人間の感情が　ふき出して
不信と復活の間を
さまよっている
日々　埋葬し続けるものを
何と名づけるのか
絶望と苦悩を
あっさり超えられないものか
今日は
光だけが　あたらしい

（『道』二〇〇三年思潮社刊）

突きつけられて

「おじいさんの古時計」のリズムに乗って
甲子園は春の選抜高校野球の入場式
のんびりとしたテーマ曲で
平和に　わかものが行進している
イラクにむかってアメリカが
大国の意地ではじめたことが
たたかいの様相をおびた中で

先日見た夢の中で
わたしは　マラソンに参加していた
トップで走っていたのだが
次々と抜かれて行く
夢の中でも走っていたのは　なぜか
意味もなく
ノックされ続けて
傷つきすぎた　けもののように
うずくまる
人として生きるには
あまりに過酷な現実を突きつけられて

何らかのおもわくで　はじめた反応が
シナリオどおりに　運ばなくなって
戦闘状態が長びき
わけが　わからなくなっていく

幾度も　くり返されるたたかいの歴史の中で
やがて　わたしたちは滅びるだろうか
希望は　つねに切望となって
からだをつつむ

ふさこちゃん

ふさこちゃんは
夏期授業《スクーリング》に上京している　わたしを
大学のキャンパスにたずねてくれた
その頃　はやっていた全円のフレヤースカート姿で
ミチコちゃん　ミチコちゃん　と
小学生の頃の呼び名で話しかけてくる
中国語の先生をしていた父を持つ
ふさこちゃんは六人兄姉の末っ子だ
敗戦後　ソウルから引き揚げて
世田谷に住んでいることがわかり
十代の二人の文通がはじまった
アメリカ・進駐軍が封筒の下を切ってテープ
をはった検閲済の　印のあるのが着くのだ

こどもの時から空想癖のあった
ふさこちゃんは
日本の田舎に大きなピアノがあると
言っていたが
引き揚げたのは東京だった
ふさこちゃんは　生活のことにはふれずに
ソウルのこども時代は　黄金《おうごん》だったと言った
ミチコちゃんは？
「わたしたち黄金町《こがねまち》に住んでいたから　毎日
たのしかった」
戦争中でも　たのしかったね
と二人で言った
ふさこちゃんが言った
「お父さんもお母さんも老人になった
わたし　新橋でホステスをしているよ」
校門の外で　ふさこちゃんを見送る
「ミチコちゃん！　マリリン・モンローの
歩き方をするから見てね」
大きく腰を　何度もふりながら
ふさこちゃんは帰って行った
一度も　ふりかえらずに

なりたい

麦畑からまっすぐに　ひばりが
空へ飛び立つのも
田のあぜに野アザミが咲いていたのも
こどものわたしは　見て知っていた
畑仕事の祖父のそばで野イチゴを
食べたこともあった
もう一人の祖父（母方）には　こどもながら
遠慮があった
おいしいものは　おとな　それも高齢の人から食べることを教えられた
この祖父は六十さいぐらいで死んだ
後年　作家の志賀直哉の写真を見た時
似ていると思った
しかし　この厳格な祖父が
一番　愛していたのは
その妻君　美しい姿の祖母だった
二人がなくなって　わたしは気づいた

バス・ツアーの一泊旅で熊本に行った
大分県境に近く　旅館の名前が
「大自然」だ
渓谷の音が　たえまなくひびき
相部屋の六人も六十さい以上なので
女の人でも　たいてい　いびきをたてた
大自然にかこまれて
なかなか眠れないほどだ
同じ系列の旅館が　大分県にあるので
マイクロバスで行くことにした
ほんの数分で　その「ラッキー温泉」に着く
ボーリングなどの競技場もあった
少し　ラッキーになりたいと思って
温泉に入る

距離

ゆめの中で　くすぶり続けていたものを

両手を　ひろげて
今日は　しっかり受け取って下さい
眠っていると
そんな声が　きこえてきて
ねむいのに　起きなさいと
言われているようだ
なにを受け取ればいいのか
はっきりわからない
生きていることは
だんだん　ものごとが
はっきり　しなくなることなのか
あんなに走っていたのに
距離が　はかれなくなって行く
両手をひろげて
距離をはかる？
不可能なことを
可能にして
可能なことを
不可能にして

数式ばかりが　ふえて行く
ロスの友人から
はじめて　あなたの詩集を全部　解読出来た
と　たよりがとどく
数学が得意だった友人が
今度の詩集を二回読んだ　と
天然いぐさの
敷物を二枚送ってくれた
わたしの数式は　まちがっているのか
その友人にきいても
知らない筈だと気づき
あすは　新しい
いぐさの敷物を広げてみようと思う

反響

挑みかけられて
受けたことがあったか

逃げるばかりが
人生だったなんて　ばかげていると
本気で怒っている人がいる
考えていることが
自分のことか　他人のことか
わからなくなってくる
から廻りばかりして
あとに何も残さない
足音さえ消して行くように
ここまでおいで
鬼さえ　いなくなってしまう
他愛ない生き方になって
計算も
試算のままで残されて
疲労感が強くなる
飛ぶことさえ覚えれば――
強烈な個性の
女性アーティストの展示作品を
海橋を渡って　見た日

さまざまな大きさの
水玉が目を射るので
足場をもぎ取られてしまう
低い音も　高い音も
いっさい　失い
水が押し寄せてくる
人体が一つの
或いは　無数の　くり返しとなる
銀色の舟が
死出の旅路を予感させ
重い声が響いてくる
希望が一房のぶどうとなり
丸味のあるフルーツが
かすかに　うたう
暑い日に見た海は
あなたたちに
あいさつする

光

痴花　純狂のハナビラが
まいながら
魂の混浴となる
たたかう　すべてに挑み
傷つくことも　また――
太陽を山わけにして竹が伸び
いのちの根源にせまるように
光がさしている

地上の旅

銀河鉄道の夜のジョバンニと
カンパネルラになって　地上を旅する
やがて
地上から離れる日を忘れて
空気を　いっぱいすって
ひざしをあびて歩いている
思い出は　たくさんつまっているが
今は　からだを軽くすることを
考えて
前を歩いて行く
どこかに置き忘れたものを
探すゆとりは　なくなっていく
しかし去年はわずかな実をつけた
百年をへた柿の木が
今年は枝がしなうほど
実をつけたのだ
地上のカンパネルラとジョバンニの
未知の旅がはじまる前に
かがやく柿のいろどりと
澄みきった青空と
記憶の道を探して
飛ぶように歩くのだ
カリフォルニアの山火事は
メキシコにまで広がり

カリフォルニアとメキシコを
歩いた友と
しばらく柿の大木を眺めてから
出発する

空

一本の道なのに　どこへ行くの?
と　まよってしまう
霧笛が　きこえないのに
きこえるような気持ちになる
引き揚げの朝
二階の階段から降りる時
窓の向うに　火事のような　火が見えた
玄関を出ようとして
九月半ばの　こおろぎを見つける
本当だったのだろうか
覚えていた記憶が
モザイクになる
思い出は　ちぎれて飛んで行く
何もほしくなかった
あまりにすべては
変ってしまったのだ
すっかり無口になって
毎日　空ばかり眺めていたのだ

どこかで

つねに　うろついている
気配の中で　くらし続ければ
血の流れは
どこかで　とどこおることは無いのか
やまいの　ただなかを
勇敢に突進しては　いけないと
友に言えないままで引き返してしまう
なぐさめは　風景の中にもあるが

本当は　どうなのか
いつでも自分をはぐらかしてはいないか
ためたくないものは
つねに苦労であるが
落ち葉は　いつでも目に出来る庭だ
はたして
生きているうちに
きれいに出来るか
禅問答ではないけれど

彼方へ

激しさの渦になって
身のおきどころを
失っている
音が　突然変調して
やさしさの示し方さえ
忘れてしまう

雲の変化に
目を奪われて
からだごと浮遊していく
この世界には
あなたの住む場所は
もう無いのです
早くいらっしゃい
誘われたくは
なかったのでしょうか

手を振る

誰の足あとかわからぬ足あとを
たどって歩く
ぬかるみの中を　わたしの足より少し
大きな足あとが続く
まだ誰も通らない
しめった道を

こんなことをしたのは　はじめてで
なにか小さな犯罪の気がする
びっくりするほど景色が変って
すでに町に出た
店売りの大きな声が
さわがしくなってくるあたりに
一匹の犬がいる
しっぽを振るしぐさを
少ししてあきらめたように
犬が遠離《ざか》る
何も買うあてがないので
わたしもこの町を捨てる
風が出て来る
木々がさわがしくなる村へ
燃えるような土の色
見たこともない野菜が
育っている
こどもが二人遊んでいる
その表情がおとなびて
「どこへ行くの」と聞く
「どこへ行けばいい？」と聞きたいが
少し笑って手を振る
本当はどこへ行くんだろう

疑問のかたち

裏の雨戸をあけると
黒い蛾が　まぼろしのように
とび立った
今まで黒い蛾を
目にしたことが　あっただろうか
疑問のかたちで
まぼろしのように　みえたのだった
宮沢賢治の「ヨクハ無ク　ケッシテイカラズ」のように
　は生きられず
生きるためにはヨクも持ち
日々小さいことに怒っている

地球のために電気の消費量をおさえているが
水は使わずにはいられない
果物もお菓子も好きで牛肉もまだ食べている
「ホシガリマセン　勝ツマデハ」
と　戦時中に学校で何回も　唱えていたのだ

流れる

ゆれ動く風景を
からだを傾けて見続ける
記憶が途切れて
どうしようも無いとしつきから
立ちあがる
地下にひそんでいたような気持を
投げ捨てる
激動の時代に遭遇してしまったことを
誰にあやまればいいのか
現実が奇妙にあやしくなっていく

どういうスタンスもスタイルも
無用になっているのか
急に怒る人の気持も
責められなくなって
枯葉をふんでいる
寒いのに薄いコートだけで
歩き続ける
フライパンの上で
豆がはじけるように
パワーを持てあましている人々
飛び散った豆になっても
まだ怒りがおさまらない人たち
どこから　どこまで行けば
バランスがとれるのか

立ちつくす

ビルの工事現場に入って行く

今日は工事休みなので
危険はない
イメージは出来ているが
まだ詩に書けない日々
もてあましているのは自分自身なのか
外に出る
騒音の中で
気に入るものを探している
それでいいのか
時間がたてば気がすむのか
わからないことばかりだ
気に入った都市に出会って
瞬時に捨て去る気持を
手なずけずに立ち去る
乾いた砂あらしをあびて
立ちつくす
聴いていたのは
風の音だった
笑っているような

馬の目にハッとする
眠っていたような少女が
めざめたのは老年だった
体験したことは
苦痛ばかりでは　なかったと思いたい
えぐい言葉を投げつけて
去った人のエネルギーを
もてあまして歩く
体力の限界を出しきらずに
生きている
メッセージは届けられずに
余白となったか
魂のあわいに　立ちつくす

桜

十代のわたしは歩いた
五キロも六キロも歩いて

桜を見に行った女学生たち
戦後すぐの時代　数年間は
開墾した山地にさつま芋を植えて
さつま芋のぜんざいなどを習ったりして
景色だけは良い瀬戸の海ぞいを
春の遠足に行くのだ
まるで行軍ではないかと
引き揚げのわたしは　思いつつ
それでも国立公園・王子ヶ岳に登って
海を見張らす岩場に坐ると
満足するのだ
いつのまにか歌などうたったり
桜の花にかこまれて
十代の乙女になるのだ
信じていたカミカゼは吹かずに
父祖の地に帰って来た女学生は
歩くことによって
足を太くすることが出来たのだった
深呼吸して皆と一緒にうたうのだ

まだあることを

きびしい寒さの中に
閉じこめてしまった思い出を
今日は　ひらいて見える日
埋もれたままでよかった記憶も
浮かびあがり
誰にも知られない日常が
いつのまに非日常になっていくのか
夕ぐれは人の気配でたたずんでいる
思いがけない裏切りを
軽く受けとめかねて
未知の奥地を探している
人の背中ばかり見ていたように
去っていった人の表情は
すでにおぼろだ
晴夜に雑草の道を歩く
精神と肉体の重労働が
生命の後半にふさがってくる

今日をねんごろに埋葬して
木々にあいさつする
明日《あす》がまだあることを
たしかめて

遠く

追い込んで
突っ込んで迫って来る日々を
どうやりすごして生きているのか
疾走する馬の姿を
まぶしいものとして見ている
返し馬のけなげさから
すべてを振り切って走っている馬たち
一つの理由でもなかった　としつきから
遠くへだたって
人としてのリズムを
走っている馬に重ねているのか

内側のコーナーも
外側のコーナーも　いりみだれて
一瞬の中《うち》に　決着のつくレースを見ている
幼い日に
馬に乗りたいと思っていたこどもだった
父と馬を見た日のあったことが
ふいにあらわれて　馬の目を思い出す

詩

川田絢音の『雲南』を読む
この詩集を　くり返し読んでいる
空気さえ　とどけられるのか
発端の　先端に　行き着く
言葉は　言葉であることを
しばらくやめて
いのちに　つながって行く
自由でもなく　不自由でもなく

旅の身でありながら
日常以上に　日常を
かいま見ている
乳をのむように　言葉をのみこむ
時には　むせびながら
これ以上の世界へは行けないと思う
天上の声も　とどけられている
湖底からも響いてくる
幾層にも重なって
女声コーラスが遠くからきこえ——
与えられているものの　よろこびを
かなしみをたたえて見つめる

変って

台風が近づいていると
テレビ・ニュースが伝えているが
朝から風もなく

ただ雲の形がいつもと
ちがって見える
アフロ・ヘアーのように
また流しそうめんのように
雲の形が変っていく
笑顔ばかりが特徴だった
画家が急逝して
さまざまなことが伝えられる
彼が十六さいの時　描いた
橋の絵が
すでに模倣からはじまっている
創造力の芽が
どこからはじまるのか
ひめ南天が開いた窓から
あいさつする朝
南信州で見た森林と
渓流の眺めを思い出す
空気をいっぱいすって
不眠の朝が

しあわせに変化することもあるのだ
人と人の関わりが無残にこわれても
空があり　水が流れ——

かすかな声

ベルトのような幅広の虹を見る
その後　風もあり砂けむりまで出て来る
車は前に進まず
いきなり荒野に立たされる
すべて予感したことばかりだ
と　キッパリ言いたいが
つねに躊躇が待っている
いつもはガムなどかまないが
ポケットの中に
以前バス・ツアーで誰かにもらった
ガムを口にする
誰にもショックはおきるが
かくしきれない傷が広がる
くやんでも　しかたのないことが
身におきる
自分がおかしたミスについて
誰に報告すればいいのか
力を入れずに生きられたら
国境を越えて
広大な空を見る
鳥は懸命につばさをひろげ
飛んで行く
青い氷河の近くを通る
からだが金属疲労をおこしていたのか
なにかが急激に変化したのだ
映像やスケッチの中に
立たされている
やがて滅びる前に
呼吸をふかくせよ
と　かすかな声がする

かりそめの

一時間に一本　時間によって二本
電車がとまる　小さな駅
視野のむこうに新神戸駅を
模型にしたような樹木たち
この駅を利用するたびに
眺めていた樹木たち
ある日
手前の樹木が倒されて
土がむき出しになっている
父の主治医だった方がなくなり
初盆を迎える頃
そのM医師の家があらわれて
洗濯物が風になびいている
奥の方に竹やぶがある
隠れる場所も
隠される場所も
同じではないのか

別に哲学的に
考えているのではなく
青空でも
くもった日でも
存在のかすかな有様《ありよう》は
下りの電車が二本通ったが
この小さな駅には　とまらない
正午が近づき
乗客がようやくやってくる
かりそめのような一日
黙っているのが　こころよい日
風のおとも
鳥のこえも　きこえるが
車の音が不自然に大きく
次々にすぎて行く

水

今　きいていたのは
セレナーデ？
また　ゆったりとしたワルツが
流れて来る
水害や災害の少い児島の地で
おし寄せた台風は
多くの家屋や樹木や道を
襲い　人々は息をのんで
すごした数日
友人の九〇さいをすぎた母上は
海水で浮いたタタミの上に
ちょこんと坐っていたという
ひとりぐらしの友は
広い庭に押し寄せて来る
水の夢を　まだ見るのだという
車の修理工場は仕事に追われ
人々は充足した暮らしを　疑ってしまう

幼稚園に行く時　目にしていた
小田川は海水が逆流して来て
多くの家々に浸入し続けたという
水の少い時はトンボが川の上で
エサを探している平和な川で
海から離れているわたしの庭で
二メートルに伸びたヒマワリが倒れている
根元から横倒しになり
百以上のヒマワリが
一週間経っても元気に咲いている
傷んだスダレは
無残に飛び散り
草の　いきおいばかりが強くなる

浮かんでいる

瀋陽（もと奉天）へ
上海から飛行機で行く

岡山空港から上海への飛行時間と
同じくらいだ
岡山空港で　中国ツアー四泊を同宿する女性
Kさんにはじめて会って　あいさつをする
S新聞社の企画で集った人たちは
添乗員を加えて五十一名
「間島《かんとう》の夕映」をS新聞に連載した日高氏も
同行される　苛酷な環境で肉親を次々に失い
中学生の時三さいの弟と引き揚げた日高氏
S新聞事業局のセノオ氏
詩を書いているセノオ夫人の姿が見える
あとから知ることになるのだが
奉天で生まれた人　そこで育ち引き揚げて
なれない農業で苦労した人たち
十代で海軍に入り上海勤務だった人
大連にいた人　女学生の時　奉天から
大連へ修学旅行に行った人
引き揚げ体験はないけれど　中国にひかれて
シルクロードへ行った人

満州に興味を持った人
さまざまな人々が運ばれている
昭和二十三年生まれの男性が一番若く
八十九さいの満州からの引き揚げの人もいる
瀋陽で泊るホテルは外資系で　わたしたちの
部屋は広く二つベッドがあった
岡山から機内でも　わたしと並んで坐った
Kさんは　半世紀ぶりに再会したこの土地で
どんな夢を見るのだろう
朝食はバイキングで　おかゆもある
パンもごはんもある
四日間　おかゆは忘れずに食べようと思う
立派な瀋陽故宮を見たあと
昨年出来たという記念館に入る
日本軍のぎゃくさつの歴史を
写真と　品物と　しゃれこうべで知る
中国人の説明が続く
頭で知っていたことが　ズシンと
体の中に入り

めまいを起しそうになる
機関車陳列館に入る
アジア号もあった
日本が寄贈した機関車の一つだけの
撮影が許される
その前で一枚Kさんがわたしを写してくれた
侵略の歴史を現地のガイドが伝える
息がつまりそうになって
外に出ると　大陸の夕陽が浮かんでいる
美しい　逢いたかった
と　夕陽に心の奥でつぶやく
旧ヤマトホテルで夕食をとる
このホテルも古びたなあ
と年老いた男性が話している
バスの窓からKさんの通った小学校や
盆おどりをしていたという三角公園が見える
Kさんが小さく泣いている
わたしの目に涙がわいてくる
瀋陽から大連へ

また飛行機で夜の移動だ
はじめて　わたしの座席の右と左が
中国人の若い男女だ
しばらくして右の男の人に話してみる
ニホンゴ　ワカリマスカ
彼は千葉の市川で奥さんとアルバイトで
生活しているという
四年ぶりに帰省したのですよ
と　上手な日本語で話してくれる
左の女性に同じようにきいてみる
彼女は日本の商社で数年働いている
大連から直通で東京に行くという
今夜は大連に泊ると　二人は話してくれる
泊るホテルはそれぞれちがっているとわかる
体に気をつけて下さい　と
わかれのあいさつをする
スイスホテルに泊る
ゆったりと落ち着いて眠る
あすも同じホテルに泊るのだ

朝食後　旅順観光が組まれている
まず二〇三高地へ行く
竹竿を二人で持つカゴが乗り手を待っていた
二〇三高地へ歩いて登る
カゴに乗っている人もいる
急勾配の所で少しあえぐ
右ヒザが痛いことを忘れている
大陸の気候がわたしにあうのか
腰痛もない
頂上までカゴに乗って来たKさんと
晴れた秋空の中に立っている
こんなに広い中国大陸を
日本はなぜ攻め続けたのだろう
水師営会見所へ行く
その前で記念写真をとる
水師営の建物は　もともと農家だったという
本当にひなびた小さい建物だ
男女が数人みかんや見なれない果物を売っている
自家でとれたものかと思う

アカシアの大連だなあ
と　市街を見ている
茶舗に入る
日本語の出来る若い女性が
次々とお茶を入れてくれる
プアール茶を一缶買う
別の店で袋入りの鉄観音茶を
すでに数個買っている
お茶を飲むとなごむなあ
また夕陽を見るのだ
海鮮料理の夕食を皆でとる
青島《ちんたお》ビールが出る
青島に数年住んでいた長兄を思い出す
大連から青島まで　すぐ行けるのだ
その兄も東京で早く歿《な》くなった
まぼろしのような歳月《としつき》だ
朝食におかゆも食べて　上海へ
三年前　上海に一泊し　黄浦江《おうほこう》を眺め
「内山書店」を　バスから見つけて

なぜか　うれしかった
上海はその時より発展し
活気がある
人ごみにもまれて豫園《よえん》を歩く
異次元にまぎれ込むような妖気！
夕食は　ローラースケートで料理を運ぶ店で
上海料理だ
上海ガニもフォア・グラも少しある
夜はクルーズで
一時間　湾内を巡る
観光化された光の中に
浮かんでいる建築群を
外気を受けて
眺め続ける

わたしのアメリカ

ロサンゼルスに
十代の時からの親しい友がいて
行こうと思えば　いつでも
アメリカに行けるのだ
十三さいの時　敗戦のため
ソウルから日本に引き揚げた
その時　わたしは女学生で
入学祝に父の知人から腕時計をもらった
それは新品ではなく男物の腕時計で
皮バンドだけ　新しく赤色だった
引き揚げのため釜山港から乗船する時
若いアメリカ兵が
わたしの腕時計をはずした
あっと言う間もない早わざで
誰にも　それを告げなかった
ハロー　チューインガム
ギブミー　チョコレート　などと
ソウルに進駐して来たアメリカ兵に
こどもたちが大声で言うと
ジープから　チューインガムや

チョコレート　キャンディが
路上に投げられた
ひろった男の子からもらった
チョコレートの記憶
とられた腕時計
ロスから長い電話を　時折くれる友
いつも会いたいと思っている友がいる
わたしは
アメリカに行くのだろうか

薔薇《ばら》の　はなびら

以前
「ある決意」という詩を書いた
冒頭に

　たとえば詩集を出して
　その反響を待つのは

　あのグランド・キャニオンに
　バラの花びらを一《ひと》ひら落して
　そのひびきをきくようなものですよ

それはラジオの英語番組で
ふと耳にした言葉
そのような意味だったと思う
詩集を作る時
詩人の永瀬清子さんに　タイトルを
『薔薇の　はなびら』にしたいと
何気なく話した
永瀬さんは
「バラのトゲならともかく　はなびらでは」
と即座に言われた
それから数日してハガキが届いた
「バラのトゲなら　まだしも」と
永瀬清子さんが　よく使っていたトゲ
まだ　わたしには
「薔薇のトゲ」は

書けない

ちゅうぎんめし

年が明けると
よく旅の夢を見て
夢のつづきのように
旅が出来たが
昨年は滅多に来ない台風が
児島の地に三回もやって来た
そのせいか　どうか
今年の夢は　やたら苦しく
なかなか出口に行けないものばかりで
これは夢ではないかと
夢の中で自分の体をいためてみるのだ
劇場で芝居を見ているのに
急に舞台に立たされる
シナリオを読んでいないから
はしっこに　ずっと立っているのだ
一人の役者が　そばに来て
「ちゅうぎんめし」と一言《ひとこと》声に出して　と
小さい声でささやく
それで「ちゅうぎんめし」と　やや大きな
声で言ったら　パラパラと拍手が起きた
それから目が覚《さ》めた
一体「ちゅうぎんめし」って何だ
岡山に「中国銀行」がある
わずかな年金が「中国銀行・琴浦支店」に
二ヶ月に一回入ってくる
地元では「中銀《ちゅうぎん》」と言って親しんでいる
その「中銀・琴浦支店」が閉店になった
少し不便になるが「中銀・田の口支店」に
やはり　わずかだが　大切な年金が
振り込まれる
「中銀めし」

さそわれて

予測出来ないことが
想像を　はるかに越えて
不意に起こるのだ
幼年時代が　激動の時代に重なっていたが
ゆめ見る力や生命力や
大きなエネルギーで　飛び立てた
今は　何事も
はっきりとした意志力のように
いのちをおびやかし続ける
揺れる力に　敏感に反応して
危険や被害が加わる
ゆったりとした大きな一日が
忙しく　短かくなって
前のめりになって
痛む足で歩くようになる
それでも
どこかに明るさを探して
のぞみを捨てずに
時々　笑いながら
花に　さそわれて行く

有るか

漱石の参禅に
なぜか若い時興味を持っていた
中年すぎて
土曜の午前中の「法話と坐禅」に
一年半　通う
詩を書く友人が
「禅寺に行って坐禅して　どうするの
　さとったら　もう詩は書けないよ」
と心配してくれた
さとることも坐禅して　いい詩も書けなかった
一度だけ　ふしぎな体験をした
法話のあと　坐禅を毎回行う

その時　足がいたくなったり
寺の犬の鳴き声や　人の足音
鳥の声がきこえる
しかし一度だけ　お寺へ来ていることも
坐禅していることも忘れていた
これもまた　まよいだったのだろうか
あの時は　なにも無かった
あるということも
無いということも
やはり無かったのか

けむり

うかつにも新幹線が岡山から鹿児島まで
つながっていると思っていた
博多から新八代まで新快速に乗る
岡山では麦を今頃は　あまり作っていないが
九州でひろびろとした麦秋を見る

なつかしい風景の中を
深い緑の山々を眺める
鹿児島は県の木が　くすのきと知る
みごとな街路樹に
からだが反応する
ソウル時代　真向いに住んでいた
有馬さん一家が　引き揚げ後
鹿児島市下荒田町三〇に住んでいるとわかり
わたしは　チヅ子ちゃんと十代の頃
しばらく文通していた
駅前から現代詩・ゼミナールの会場へ
タクシーで行く
運転手さんに下荒田町のことをきく
一丁目とか　二丁目がついていると言う
詩の会が終り　こんしん会になる
詩人の高岡修氏に　下荒田町のことをきく
むかしは　一丁目・二丁目は　なかった由
戦後六〇年は　はるかだ　と
つくづく身にしむ

下荒田町三〇が　わかっても
玉手箱を　ひらくような
けむりが　のぼって消えて行く
きもちをおぼえる
翌日
オキナガさんと城山から　桜島と海を見て
近代文学館へ行く
オキナガさんが　「林芙美子コーナー」の
ところを丁寧に見ている
わたしは　「島尾敏雄」と「梅崎春生」の
コーナーを見る
画面にうつる島尾ミホ夫人の　姿と声は
ゆったりと　しずかで　ふしぎな気持になる
磯庭園に行くと
さらに　桜島が目の前に見える
さつまいものきんつばを　二つ買い
ベンチで　オキナガさんと笑いながら食べる
鹿児島駅で二人とも
黒ぶたの　とんこつ弁当を買う

列車に乗ると　すぐふたをあける
桜島だいこんだろうか
だいこんの煮つけもある
うす味の　たきこみごはんもおいしく
とんこつも　やわらかく煮てある
まじめに作っている弁当だなあ!
講師の野村喜和夫氏が
「金子光晴の現代性」について話された
金子光晴の旅と
クレオールと言う言葉が耳に残っている

光が

光と影のおどりを見るような
気持で　逆光の中に坐っている
風が　カーテンをゆらし
光が曲線のようなカーブを作る
久しぶりで日本海を眺める

ないだ海が続く
島の見えないところを　バスが走る
いやなことは忘れているのか
幼時が黄金《おうごん》のかがやきで
思い出をしめている
なにか　ひろびろとしたものに
出会うと　からだが反応する
昨夜は　車の音をきかずに
眠ったので
七尾湾の　日の出を
スローモーションのように眺めた
なくなった友の顔が
不意にあらわれて
ゆれるカーテンに
南天の実や葉が
影絵になる

窓は
なにを捨てて歩いたか
なにを拾って走ったか
どこまで　飛ぶことが出来たか
どこへ逃げたのだろう
忘れたいことが
なんだったのか　思い出せない
「ソウルは夢でした」と　わたしと
同年の作家・五木寛之氏が
ラジオ深夜便で話していた
やはり　思っていたとおり
夢だったのだろうか
ソウルの　こども時代は
小学生の五木さんは両親につれられて　すぐ
ソウルより北へ行ったので
引き揚げの苦労は
大変だったことだろう
ソウルにいたわたしは

戦後二ヶ月で　郷里岡山県児島に家族と
引き揚げることが出来た
釜山で引き揚げ船を
一週間あまり　待った日々
足も　のばせない船に乗った
はじめての経験
着いたのは下関ではなく
仙崎だった
汽車は窓ガラスもなく　人々であふれ
降りる人たちは　その窓からだった
広島駅は　外形だけで　空洞のように見えた
そのむこうは
ただ　ただ広い
野っ原だった
反対方向へ行く列車も　窓ガラスはなく
やはり人々があふれるように乗っている
「万歳《まんせい》！　万歳！」
それは　北か　南か　いま思うと
日本から朝鮮半島へ帰る人たちだった
その人々の　くらしを　時折おもう

宿題・夏

どこから始まって
どこへ行くか　わからない
ゆめを　かかえて
今日《きょう》を歩く
もう　ゆめを捨てて
児島の現実を　そしてエロチックに
詩に書きなさい
と　大詩人に言われたことを
同年の女性に話すと
児島は現実ばかりで
詩に書いても　おもしろくないよ
そうかも知れないが
エロスは　なおさら難しい宿題だ
二週間前に　ドライブにつれて行ってくれた

友人に連絡出来ないでいると
電話が　かかって来た
買物の帰途　段差に　つまずいて転んだ時
胸骨を折った　病院にいるが
見舞には　すぐ来ないでほしい　と
「瀬戸の夕なぎ」で
児島の夏は　地ごくの季節
声の美しい友人が
夏と　たたかっている
雨は降らず
空には虹も　かからない
でも　夏が好き

本

こどもの時から本屋が好きだった
父が講談社の絵本を持って帰ると
会社が　くれるのだ　と思っていた
何十冊もある絵本を　母は
近所の数軒のこどものいる家に配った
本を持たずに戦前の京城（現・ソウル）へ
父の転勤で小学一年生で渡る
すぐ本屋を見つけた
現在の明洞の辺りに
いくつか本屋があって
胸がふるえた
本は　わりに自由に買っても
おこられなかった
母が本好きだったからだろうか
その母も　まもなく病死し
日本は戦争に突入した
本屋の本も少くなり　楽しく無くなった
仲良しで　級長の
井上雅子ちゃんの家に
よく遊びに行く
今　思えば
クリスチャン・ホームだったのだろう

こども向きの『聖書物語』が本棚に
ずらっと並んでいた
家族の方は　皆　優しく
わたしは一冊ずつ借りては返した
戦争がきびしくなるまで
わたしも日曜学校へ通い　讃美歌をうたっていた
学校で珍しい時間が週一回あった
「聴話《ちょうわ》」の時間だ
生徒が　先生の指名で教壇に立ち
読んだ本のことなどを話し　皆できくのだ
わたしは時々　自分で考えた話もした
しかし　いつのまにか　それが
修身の時間に変っていった
戦後すぐは　本が極端に少くて
『リーダース・ダイジェスト』を読んだりした
谷崎潤一郎の『細雪《ささめゆき》』は部厚く装丁も美しく
父に最後の頁にわたしの名前を毛筆で書いてもらう
『源氏物語』は　詩人・永瀬清子さん宅の
中庭にあった小さいアパートの一室で

S女子大の白井たつ子先生から指導を受け
土曜の午後　各人が輪読で
学んでいくのだった
永瀬清子さんも熱心にきき
白井先生に質問し　ノートを取っておられた
永瀬清子さんはまれに　いねむりもなさった
かわいいお姿で
それらの日々は　何年も続いた
ある夏
プルーストの『失なわれた時を求めて』の
全集を思い切って買う
何かに　つかれたように一気に読む
結婚していたので　食事を作り
来客があると　お茶を出す
家事を最小限にして
プルーストの世界へ入っていく
その夏は　暑かったと思うが
気候の記憶が無い
やさしかった伴侶を　それから数年して

失なうとも知らず
本を読んでいた

千切って

みなれた風景を
遠ざけて歩く
きびしさを道づれにして
わるふざけを
見逃して飛んで行くのか
雲が動き
風がさわぎ
雨さえ呼びこんでいる
一分《いちぶ》の気持を大切にして
点を線にして
ようやく　つながった線を
また千切って行く
わずかな　のぞみを

拡大して　渡って行く
大きな川を
やがて海へ出る
平凡で　おだやかな日常が
切れている
漁船の上を
鳥が飛ぶ
音がきこえる
それが大きな叫びになって
呼んでいる
気まぐれに生きては　いけない
不自然な生き方が
また　ためされて――

陽光の中で

ゆるぎないものなど
はじめから無かった

そこから　はじめようか
今さらなどと　言わないで
南国の
十月のはじめは真夏のあつさで
海の色は濃く
今から　なにかを
やって見てもよいのだと思える
異国から来て　この土地を愛し
日本人の妻に　二度とも若くして
先立たれた人・Mのことを思う
父も同じ経験者だった
そのことに思いつく
友人たちとMの墓地を見つける
真中にMの墓　両隣りに二人の妻の墓
すでにしきびをささげ線香の匂いがしている
Mのお墓に　バケツで水をくみ三人でそそぐ
日本式のふつうの墓だ
強い真昼の陽光の中で
なぜか　みな笑顔になる

智恩院の墓地にある
作家・武田泰淳と妻・百合子の
自然石の墓もよかった　と思い出す
その近くに作家で詩人である
佐藤春夫の墓は　なぜかさびしかった
ことしも　秋刀魚《さんま》は
二回食べている

詩人の習慣

詩人の習慣などあるのか
「詩人の習慣」と題された版画を見ている
この作品は
昨年なくなった男性のものだ
高校生の時　一学年上にいた人で
当時から絵画コンクールで
つねに入賞していたので
名前は知っていた

ニューヨークの近代美術館や
メトロポリタン美術館に
作品が収蔵されている
と略歴にある
ロボットのような形をした
性別不明のものが
コンクリートのような地上に
体をほとんど横にして
何かを眺めている
「詩人の習慣」とは　なにか
わたしは詩人か
本当の詩人でないから
この版画のタイトルが
わからないのか
一瞬で　わかってしまったので
わからないと言いたいのか
すでにロボット化した詩人は
空を見上げることもなく
地上をうめつくした

コンクリートの地面で
からだを傾けざるを得なくなったのか
機械的な
ねじ状のものが
いくつか並べられている地上で
地面を眺めている
「詩人の習慣」を
しばらく見ている

（『薔薇の　はなびら』二〇〇六年思潮社刊）

詩集〈十三さいの夏〉から

呼びかけられて

こわれそうで
こわれなかったものを　かかえて
今朝　立っている
小さな　生物《いきもの》の気持ちで
量りきれなかった日々
生きるのが　こわかった
ここまで　おいで
ここまで　おいで
試されたくは　なかったのだろうか
呼びかけられても
足がすくんで行けないまま
すでに年月《としつき》はすぎて
それでも　ひそかなおもいは
河床の水のように
流れ続ける

そこまで

手と目のよろこびにみちて
この地に立つ
宇宙の真ん中に存在している
気に満ちて
そこまで到達せよ
そそのかされているのだろうか
死んだ友が
はるかなところから呼んでいる
ふたりの友の名前を
海にむかって　くり返しさけぶ
きみたちに残されたものは
たった一つの宿題だ
自分をふかく読み返せ
なんとか出来たくらしの中で

木洩れ日を受けている
あの家も　この家も
どうにか　へいわに　くらしているのか
生きるのって　いいことだね
と　小学生がおしえてくれる
大変だ　大変だ　と
こどもたちが　言いあいながら
ふざけている
それでいいの？
これでいい　と
思えるところまで
とべ

花の前に

シエラネバダの山々に
雪がたくさん降ってくれると
カリフォルニアの住民の
一年中の水になります
ロスの友人からのエア・メール
日本の桜のことを思っている
数年前にその友人が帰国したとき　見た
満開の桜をおもう
三月三日のお雛に
ロスの紀ノ国屋で桜餅を買った友は
書道の先生に　おすそわけして喜ばれたと
日本茶で桜の葉も味わう夫妻のくらし
シエラネバダ　シエラネバダ　と
くり返し言ってみる
春の雨は瀬戸内の児島にも降っている
水仙や　やぶ椿　八重椿が咲いている庭に
草のいきおいが　急に目立ってくる
ことしも桜の樹皮や枝々が
うすく桜色になってくる
花の前に

ゆさぶられ

「少年の地獄！　少年の地獄！」
と　絶叫している中年男性の詩をきいている
老年の地獄の入口で
足ぶみしている　わたしだ
大きな声で
「老年の地獄」を朗読してみようか
それとも　小さい　つぶやきで
友人から電話があり
交通事故から数ヶ月たっているのに
頭の中に血のかたまりがある
左耳の上の方から穴をあけ
ドリルのようなもので血を抜いた
その穴のあとは数ヶ所
ホッチキスで止めたそうだ
一日の入院で　ベッドが足りないので
帰らされた　と
これから老年の地獄に
ゆさぶられるのだ
滅びつづけるもの
日々の堆積に
おしつぶされそうになる
足もとに気をつけて
歩く
目をあげて
空や　樹や　花の姿を

まぼろしのように

今年は桜を見に行く
気分ではないと話していた友と
ロサンゼルスから急に帰郷した友と
岡山・後楽園の桜を見ている
ふしぎなことが
あたりまえのように起きている
日々をかかえて

濃い紅《べに》のしだれ桜に
みとれている人々の中にいる
まぼろしのようにあらわれた風景に
さそわれて
能舞台の前に立っている
三人三様と言うのか
すっかり異なったくらしをしているが
今だけは
満ち足りて　歩いたり立ち止まったり
数多くの思い出や
それぞれの生き方が
黄砂の陽の中に漂うようだ
なんでもないことを話しては
笑っているが
苦しみについては言わない
また会う日が
何度あるのかは
言わないままで

波

怒濤のように
押し寄せる　くらしの波を
弱い力で　はねのけたり
くぐり抜けて　ここまで来たのか
樹齢百年以上の柿の木を眺めている
この木のそばで　寄りそって
くらし続ければ
ゆるぎない　やさしさが保てただろうか
走り梅雨の中で
柿の若葉・青葉が重なって
美しい昼の影絵となる
「わたしが一番きれいだったとき」と書いた
詩人が亡くなったことを思う
せめて美しい　えがおで
立って見たかった
こども時代を
波をかぶりながら　そのことを知らずに

せいいっぱい生きていた
あとは疑問のかたちで
いつも何かを取り残しながら
それでも
生きて

迫る

呼子港から
遊覧船で
長い歳月をかけて
岩石が奇岩になった
ような七つ釜を眺める
こどもの時から
石に興味があったのだ
表現を拒否する形状で
目前の岩石は
玄海灘を見てごらんと迫る

つゆの季節に
晴天が続き
玄海灘は　波がおだやかで
ふるさとの表情を浮かべる
第二次大戦が　はじまる前に
はじめて父母と渡った玄海灘は
大型船だったが　ひどくゆれた
幼いわたしを　ゆらし続けた
それからの日々は　夢もいっぱいだったが
母がすぐ病死して玄海灘を渡る
父の再婚で　祖父母のもとから
ふたたび玄海灘を渡ったのだ
戦争がはじまり
学校で　なぎなたを習い
上半身はだかで　集団で運動場を走ったりした
それでも小学生には　たのしい日々
日本は戦争に負けて　茫然としたこどもだった
引き揚げ船に
ぎゅうぎゅうに　つめこまれても

どこからか「カミカゼ」が
吹かないのか　と思っていた
大人になりきれないで
きびしい老年の
とびらが迫る

水から　塩を

気象異常のために
ヒトの身体《からだ》は　すでに影響下にあるのか
人々のくらしをおびやかし続ける
アフリカの野生動物や見なれない
樹木を映像で眺めている
広い海を渡って
幾度もすごした幼時体験が
いつまでも記憶から離れないので
ゆるやかな呼吸が
過呼吸に変化する

抽象性を追求したような　美しい
ナミビアの砂漠が映し出される
しかし　この砂漠近くに住む人々は
砂を　かい出し　多くの労力を使って
手に入れた水を容器に入れて
頭の上にのせて運ぶのだ
水を一滴もコボサヌために　木の枝を渡して
頭上にのせて運んだ容器二つ分の水が
四十人の一日の水なのだ
水をぜいたくに使っていたことを忘れていた
洗濯やシャンプーの回数をへらせば
それでいいのか
日本で名前の知られた食塩工場の
パンフレットを見た
メキシコ・オーストラリアより天日海水塩を
輸入して　日本の水を使い　手数をかけて
食塩を丁寧に作っている
なぜか
夏カゼをひいてしまった自分を

せめている

空

野原に
大きな目玉焼きが
落ちていて
空飛ぶ魚が食べにくる
魚は　鳥の姿になって
飛んで行く
空
やぎが　キョトンとして
こちらを向いている
小さな蟻と
大きな蟻が
少し離れた場所で
グループで動いている
ゆっくり見ていたら
蟻たちは
小さいのも　大きいのも
いなくなった

ノート

全鉱非鉄金属鉱山労組西部地方本部の
書記だった頃
九州や四国・関西から
労組の役員が岡山に集って来た
「カミカゼ」を信じる教育を受けて
外地で日本の敗戦を迎えた
十三さいの少女の頃から
何も信じられなくなった
書記の仕事は偶然のことから声をかけられた
それまで会ったこともない人たちは
皆　元気で何かを信じているように見えた
横書の大判ノートに

毎日の出来事を少しずつ記していく
三冊のノートは　仕事をやめていくとき
役員の人に頼まれて　そのまま置いていった
時々　そのノートのことを思う
金・銀・銅・ニッケル・硫黄・モリブデン
化学記号のように
それらの日々が迫ってくる
鉱山の　閉山につぐ閉山で
多くの人たちが職を失った日々が
その後《あと》に続く
日本から　労働力と賃金の安い外国へ
資本を移して行った企業も多い
四国から来た二十代の若い役員の
ヤノタカシさんは　無知なわたしに向かって
「労働賃金を　労働者はしっかり取らなければならない」
と　さとした
日本社会党岡山本部の一室を借りていたので
江田三郎氏や夫人の姿も何回か見ている

小柄な江田夫人は短歌を作る人だった
皆　希望を持っている人たちに見えた
江田夫人や社会党書記の江国さんと
「いりこまや」のうどんの出前をとって食べた日々
二十代のマツモトイサオさんは　書記長と
対等に熱情的に議論していた
ノートに書いていたのだろうか
これらの日々を

夏

みんなの出発を見送って
ひとり　ここに残ってしまった
「十三さいの夏」という詩を
今日　書くはずだった
いつか　きっと書くよ
詩集『十三さいの夏』を　出したい
今は隣国になった都市で

日本の敗戦を
十三さいの夏に経験した
無邪気すぎる少年のような　少女だった
「日本は敗けるよ」　と同年の少女がいった
校庭にしゃがんで　地面をみつめて
その友は　やさしい少女だった
「そんなことは無い」と口に　出さなかったが
信じられなかった
それから半月たって
日本は敗戦
からだが　ふるえる夏
わたしは　美しい少女にはならずに
少年のように生きて
空を　にらんでいる

（『十三さいの夏』二〇〇九年思潮社刊）

詩集〈歩く〉から

泳ぐ

破壊された世界を
逃れて　黄色い魚が泳ぐ
眠っている天使を
線描にして
ふかい　いのちにつながっていく
危険なこととは知らず
近づいてしまう
樹木はざわめいているが
ふたしかな　きれぎれの音がきこえる
ニセアカシアの並木があった
それを見たこどものころ
ニセとは言わなかった
色彩のなかにかくれたり出たりして
その樹木を見ていた

迫害された人間がふえているのか
災難が不用意に
ふりそそぎ
いのちがそがれる

ここまで

星空の下に
オートバイ一つ
影のように置かれている
川の流れはおだやかで
しばらくは静かにくらしたい
おぼつかないバイオリンの音が
今夜もきこえて
なにひとつ狂ってはいない
と　思いたい
意味のないことをくり返し
充実の枠をはずして
封じこめられた日々
だましつづけてほしい
とは思わない
くるしみを捨てて
ここまで
おいで

歩く

ながれるような　ひとみが
こちらを見ている
誰か　知らない人だ
まえから知っていたもののように
こちらを　まだ
眺めている
知らないのだから
と　こころのなかで言う
語ることもなく逝ってしまった人

も　いるのだから
歩く
くらやみのなかから少女が現われる
空気を　いっぱいすって
また歩く
常識では捉えられなかったものを
かかえて歩く
あこがれは
まだあるのだから
立ち止まったままでは　いけない
透明なガラスびんを
かかえて
失敗したものの
数を
わずかなくらしが
ささえている
はじめから　わからなかった
青さが
見えてくるまで
歩く

光だけが

くもの巣を
はりめぐらされて
その庭はある
草も遠慮なく伸びてくる
おんなあるじが
くもを　ころさないからだ
だんご虫も　蟻もおなじ
ふえる　ふえる
温暖化の影響もあるのか
ときおり　白や黄蝶　あげは蝶　美しい蛾
トンボもやってくる
かたつむりは石垣に
あざやかな色彩を　もとめているが
光だけが強烈にそそぐ

きれいなお菓子の包み紙が
風に飛ばされていく
チベットのことをきかれたので
若いとき行きたかった
と　答える
今は
行けるところへ
もう飛べないだろうか
少しぐらい
飛ぶといい
くもの巣が
つゆを浮かべ
光を放って

光を

空白を埋めつくすものは
なにか

深い色彩をあびて
呼吸が静かになっていく
あわれみではない
すくいを　ひとは待っている
はっきりとしたものは
すでに遠のき
とてつもない色合いを
ひとは求めはじめたのか
小さいころの思い出を
反芻する
ふつうの呼吸が
まだ出来なくなって
草を抜きはじめる
たしかに熱をおびて
からだが究極のものを
ほしがっている
黒い蝶が
太陽の光をうけて
飛んでいく

探る

どくろから
蝶が次から次に出てくるので
旅に出る
うまれる前の道を探る
どこにも行けなかった長い時間が
おし寄せてくる
今まで見たこともなかった家が
あらわれる
こんな家に住んでみたかったのだろうか
出ていない　オーロラ
蛍を見たがっている
鮮烈な色彩から　遠く離れて
こんなところに
椅子が一つ
風が　おかけなさい
と　そそのかしてすぎる
人体の内部へ入って
自分の臓器を
わしづかみにしているイメージ
色ずりの絵画のなかに
入っていく

銀山へ

車窓から
山々と湖　日本海を眺める
また山なみが続く
山陰の大田につく
銀山の反映は
稲穂やヒガンバナ　コスモスがゆれ
風が流れて
いにしえの姿が　山寺や

石垣の跡に　ほの見える
ガイドの女性は土地の人で
幼いころから　この辺を走りとびはねていた
「ここは誰さんの屋敷跡です」
また歩くと
「この家にいたおじいさんおばあさんに
　両親より可愛いがってもらった」と
観光バスやタクシー　車の排ガスで
木々がいたみ枯れたので
今は　往復四・六キロを歩く
わたしも「歩く人」になっている
銀山へ行く前に資料館に入る
「この銀山は恵まれていて　賃金はよく
　働く時間は少なかった」
「?」
しかし「手子」という文字が目に入る
一枚の絵図の解説
小さいこどもの出来る仕事をやっていたのだ
坑内に入る

ガイドの女性が
「三十さいまで坑夫として生きていたら
　赤飯と鯛のおかしら付きで祝ったのです」
激しい労働と銀の産出
みやげ店で　銀のペンダントを見る
「そばまんじゅう」「高原茶」を買う
からだが
少し重くなってくる

しばらくは

得体の知れない
緊張感が
からだを包む
このふしぎな小屋に
幼ないわたしが
今でも住んでいるようだ
かさなりあう糸が

ほつれて
切り立つ崖の道に出る
里山の　のどかな景色から
遠く離れて
ふり返ってはいけない
滝は干されて
豪快な世界は切れて
しかし濃密な時間が流れる
どこまでも
はてしなく歩けば
なにかに出会える
ゆがんだからだから
とき放されて
しばらくは
考えることをやめ
ただ　動くからだになっていく
めざしたものは
すでになく
はたせなかった

約束の
うしろ姿が消えていく

まれな日を

光と影に立たされて
広い大地に立っている
激動の時代を生きて
光を探し続ける
なびいている木々の枝が
話しかけてくるようだ
ふたしかで苦難な時のなかで
幾人のひとが息たえたかを
この木々は知っているというのか
建物が　次々に壊れて
風が侵入し
複雑な生き方になっている
枯草を久しぶりにもやしてみよう

風のない日に
その日はなかなかやってこないが
待ち続ける
ようやく草をもやして
息をつぐ
労働と労働の間に　はさまれて
動けなくなったひとたち
苛酷な日々から
放たれた　まれな日を

はじめから

消された記憶を
たどっていくと
つぼが転がっている
花を活けないための
口のないつぼ
出口は　やはり
なかったような不安がうまれる
多くの捨てられた枕木を並べて
「通らないで下さい」と書いているが
誰もいないので歩いてみる
浮きぼりにされたのは
やはり　フォルムではなく
草茫々の　野原だ
月光に照らされて
美しい抽象の世界となる
はじめから　記憶の　とびらは示されず
きめられたことも
何一つなかったのか
はかり知れない謎が
鋭角的にとがって光る
からだを斜めにして
すべるように
歩いていく

旗は

映像のなかに自分を閉じこめ
多くの矛盾をかかえて
ありあまっている食品のなかから
わずかなたべものを
もとめる人々の姿がふえ
巨大なバラックに
夕陽が大きく落ちていく
多くの群衆のなかで
立ちはだかったものを
目がけて小石を投げている　こどもたち
遊んでいるのに
こぶしをふりあげて　おとながやってくる
はしゃぎながら逃げていく
半端なくらしを
だいじにかかえて生きているのか
かかげる旗はすでになく
戦争の終わったあとに

新しい戦争が続く

いちまいの

記憶のなかに住み続けて
忘却となった時をかさね
たしかなものが離れていく
無心に近い状態で
からだを動かしている
野菜を少し作って
食べるのに　まだ肉もほしがっている
甘いものや果物は
たっぷりと食べたがる
不自由なからだだ
つかのまのよろこびに
花がゆれ　はなびらが落ちている
逆境をかかえて
その位置はかわらないのか

いのちの美しさのまえで
たじろぐ
多くの人の手をかりて
いきている
宇宙のなかで
いちまいの
葉

時は

ハガレたポスターが
風に飛ばされていく
大きなビスケットを
犬にあげたいとねがっていた
こどもがいた
犬はブルドッグ
おとなになったら
ブルドッグをつれて歩こう

戦争があり
犬を飼う家も少なくなっていく
ブルドッグは夢のなかに
長い間住んでいた
時代物の映画で
女の人が　たいてい赤い色を身につけていた
すごい勢いで時は移り
小さい犬が家族のなかにふえ
さまざまな娯楽がふえていく
わいざつな都会のエネルギーに疲れ
ひきうけた孤独が
くらしを苦しめる
シルエットばかりが拡大され
目はうれいをたたえるが
なげきのことばは
決して出てこない
白い猫が
優雅に
道をよこぎって

歩き続ける

竹かごがぶらさがり
壁が落ちて
廃屋のなかは　奇妙な　なつかしさと
おちつきを取りもどす
海を見たいとねがい　山へ登ってみる
滝を見たころを　おもいだし
円形劇場を想像する
人口が少なくなった島を
空から映しているテレビ
その島に　むかし渡ったことがある
耳をすませば　わき水の音さえ
きこえてくる
ごはんをしっかり食べて
生き直すのだ
巡礼のように歩き続ける
たえることのない水を　もとめて
蟬の声が激しくなる

継続の力を信じて
伝わってくる　おもいのふかさ
黒い小屋が
ひっそり　たたずんでいる

忘れて

砂丘から見た海は
晴れていたので
青く横長に広がり
どこまでも　いけるのだよ
と　さそってくる
島が見えないので
自由自在に
ゆるされても　いいのだ
と　おもえた
どこかで　しばられたからだになっていた
おぼえることは　すてることだった

右ひざが少し重くなって
リフトから降りるとき
少し危なかった
生きてきた月日は
どこに刻まれているのか
わからないことが　かさなって
前のめりになっていたのか
放たれていく
軽くなって
空さえとべるきもち
不自由なままで
自在にいかされている
足もとの砂の存在を忘れて
歩いていく

哲学は

過激な時のなかで
流れていくのに
さからって生きていく
しかし少しずつ無理がきかなくなって
汚点のように　しみがふえている
消耗される体力を
ようやく支えて動く
庭にくる野鳥の姿も少なくなり
雀も見なくなった
この田舎で
長く生きても
哲学はわからないまま
高いこずえを見あげるのだ
なにをしていたのだろう
じっとしていては誰もこないので
日がくれる前に出かける
かたつむりが石垣の上に
夕焼けの空になって
夕陽のなかを走るように歩く
ただ逃げていく日々

小さな美しいものに満たされてくる

虫の

小さないきものの　いのちを
それとは知らず
窓の開閉のとき　失ってしまう
それと同じことが　ひとにも起こる
偶然でもあり
必然でもある世界のなかで
昆虫が大好きだった
こどもの頃には　もう戻れない
いじらしいほどけなげに見えるこどもだった
ふたしかなおとなになって生きのびている
晩年とよんでも　いいかも
しれない日々をかさねて
一本の筆をとる
絵を描くことを忘れていたので

上手には描けない
構図なんて気にしなくても
いいから　力いっぱい描いていく
教えられることもなく
ただ虫のきもちに近づく
水たまりに足をとられて
小さな　いきものに気づく
神さまはこの辺にいたのか
あぜに咲いていた野アザミを
ふいに思い出す
蝶やトンボがいっぱい飛んでいた
男の子たち　たまに女の子も
トンボつりをしていた
闇のなかで求め続けておとなになった
今はおとなでもなく　ましてこどもには
なれずに
虫のように　ただ生きている
小さないのちにふれて
ねそべってみたくなる

眼前に

外地から引き揚げて
ランプの灯りで五衛門風呂に入った日々
学校で自分の左手のデッサンを
美術の時間でくりかえした
ゴッホも手のデッサンを何回も　何枚も
描いていたことを知る
知ることのゆたかさと　かなしさのはざまで
学ぶことのたしかさと　あやうさを
レンブラント展で見た絵画のなかに
入っていけた少女は
今　老婆のすがたで立っている
見たこともない世界が　眼前に迫ってくる
せんさいな光をいつも求めていたが
荒野がすでに広がり続けて
描き切れない光と色彩を残し
おぼつかない足取りがはじまる
あざやかな色づかいを残したままで

涙

ひたすら描き続けた
世界のはてまで行きたい
おなじ気持ちになることをさけて
どこまでもいけると
なにも深く考えず
自分を知りたくなかったのか
面倒な世界が
少しずつ広がって
年を重ね
いびつなものがふえていく
気分の　のったタッチで
あらけずりに生きたいとねがって
あらわれたのは
弱さだった
漁港から船が消えて
すたれた村の跡
ごつごつとして

あらい手ざわりが
光をさえぎっている岩
心の軌跡も来歴も
知られずに朽ちた人々の上に
涙がこぼれる
壁のように
立ちつくして

どこかに

一週間に中国人に二回会い
見知らぬ人に声をかける
北隣りの四十代の男性《ひと》が
単身赴任ときいていたが
久しぶりに姿を見る
仕事で上海に住んでいるという
上海へ　短い旅で三回行ったことを話す
上海ガニも歩いた街も　夜の湾内クルーズも
遠い思い出となる
隣りの人と西安の魅力について話した
上海の目まぐるしい発展を知る
東北を中心にした大地震と津波の激しさ
被害の大きさ　残酷さ
十三さいの夏　経験した外地での日本の敗戦
長い歳月　名づけられなかった体験は
わたしの　ジシン・ツナミだ
生きているのだから
かなしみに耐えよ
と　誰かが言う
どこかに毒があるのか
まだ　かくれている多くのものを
かかえて

（『歩く』二〇一二年思潮社刊）

エッセイ

半島から半島へ

児島から、京城へ

昭和七年五月二日に、今の倉敷市児島に生まれる。その頃は岡山県児島郡だった。

陽光の明るい瀬戸内海に近く、被服会社（主に学生服）が多く、男女ともよく働いて活気があった。二人の兄は八さいと六さい年上だった。父は被服会社に勤める会社員で、母は家庭をまもっていた。平穏なくらしだった。

味野《あじの》幼稚園のとき、酒屋の洋《よう》ちゃんと友だちになった。洋ちゃんを毎朝さそいに行った。女学生のお姉さんが、ミリン粕や酒粕を、小さな紙にのせてくれる。

父の会社が、その頃、日本の植民地だった京城（現ソウル）に支店を出すことになる。父は工場長として朝鮮半島に行くことを、母に相談してきめた。二人の兄は、父が一人っ子なので両親である祖父母にあずけた。

小学一年の途中で京城に行く。関釜連絡船は、夜の船出だった。船室はベッドなので、ゆれると、こわかった。釜山から京城まで、汽車に乗る。広軌鉄道なのでゆったりしている。

京城は、びっくりするほど大都市で、歩く人たちは、白系ロシア人もいて私には、外国に見えた。第二次大戦が、はじまる前の頃。

家はなかなかいいのが見つからず、旅館に泊った。南大門を母と人力車に乗って見物する。映画は「愛染かつら」と洋画を、やはり母と見た。二階のある家を借りた。坂道の途中の家で、料亭等もあった。

南山《なんざん》小学校へ転入した。学校の帰り道、同級生がいたのか、きれいな庭のある建物に入ってお菓子などいただく。近くに乃木神社があったと思う。学校の方針なのか、剣道を少し習った。みんなが標準語だったので私は少し、おとなしかったと思う。

母がその住まいが気に入らなかったので、わりと早く引っ越しをした。黄金町《こがねまち》に住んだ。小学校は東大門小学校に変った。鉄筋三階で屋上に、奉安殿があった。地下室にボイラーがあった。冬はストーブとスチームの教室にわかれていた。体の弱いこどもは太陽灯にあたるため特別室に行く。いくらかお金を払った。

母が小二の秋に京城の大学病院でなくなった。母の両親と父の父、私の祖父も内地（日本）から来てくれる。郊外のやきばで現地の人たちが「アイゴー、アイゴー」と泣いていた。

母のお骨を抱いた父と関釜連絡船で児島に帰った。私だけ二学期あまり児島の琴浦・鴻《こう》小学校（現西小）へ転校し祖父母とくらした。近所の友だちと、山桃をとりに行ったり海に行ったりした。祖父が初婚の女性を父の妻となるよう力を出した。私は京城が好きなので玄界灘を渡り、また東大門小学校へ行く。

小学三年の十二月八日。戦争がはじまる。小学校は国民学校になっていた。女子はナギナタを習った。「聴話《ちょうわ》の時間」や作文は自由で空想を話しても書いてもよかった。

しかし歴代の天皇の名前を覚える宿題があり、少し変ってきたが。学校は、たのしかった。

敗戦の日

黄金町の近所の人は、役人や先生、医師や学生をあずかる下宿屋さん、信愛医院（クリスチャン、教会の日曜学校の先生。私も通っていた）等で、とても住み心地がよかった。こどもたちは、皆いつも一しょに遊んでいた。

新しい母から妹や、弟が生まれ私は、姉になり、おんぶもよくした。

家事は時々、手伝いの小母さんに頼んだ。冬はとても寒かったが、家の中は、ストーブとオンドル（床暖房）で暖かく、外でよく友だちと遊んだ。学校はたのしくケンカもあまりなかった。遠足や、夏二泊三日で牛耳洞に行った。戦争が激しくなる前のこと。

空襲はなかったが防火訓練や電気を暗くしてくらすようになる。

小学六年のとき、受験勉強があった。

私は、電車で通う府立第三女学校を受け合格した。昭和二十年。夏休みはなかった。

少し勉強をし、軍が使うとかで「雲母《うんも》ハギ」をする。小刀で〇・二ミリにするのが大変だった。

八月十五日。私は熱を出して寝ていた。日本の敗戦日。近所の人々が集まって心配している。翌日。登校のための電車に乗れなかった。満員電車で「マンセイ　マンセイ（バンザイ　バンザイ）」の声がひびいている。ソ連が来るとうわさしていたが、来たのはアメリカ兵だった。

ジープが通ると、こどもたちは「ハロー　チューインガム　チョコレート」と叫んでいた。拾ったチョコレートを男の子が一つくれる。なぜか、かなしかった。

工場で働いている現地の人たちが、父を毎日たずねてくる。街全体もけわしくなった。今、思うとアメリカの飛行機が低く何十機もとび、日本へ向かっていたのか。

父は早く日本に帰ることをきめ、荷造りをしていた。船で日本に運んでくれる約束をしてくれたのだが、何も届かなかった。

両親はリュックをせおい、手にも荷物なので、私が弟をおんぶした。なぜかヤカンを、手にぶらさげて。大切なものが残ったので、近くの友だちの玄関前に、そっと置いた。

誰にも「さようなら」が言えなかった。

京城駅から釜山まで汽車は満員だった。

釜山で一週間、引き揚げ船を待った。

船は、はじめての床《ゆか》で、荷物が皆、多いので足ものばせなかった。

着いたのは下関ではなく、仙崎だった。

父は持参の米で、おにぎりをたのんだ。

塩のない、おにぎりだった。

引き揚げ者をのせた汽車は、トイレにも行けぬ超満員だった。すれちがった列車から「マンセイ　マンセイ（バンザイ　バンザイ）」とイセイのいい声がきこえた。北か南か、朝鮮半島へ帰っていく人たちだ。広島駅に汽車がとまると、駅はなく、広く、向こうまで見渡せた（原爆後二ヶ月）。

十月、鴻八幡宮の秋祭りの日。父の生家・児島に帰る。「財産も、ナニモカモ、なくして帰ったのか」と。祖父母の心境は、今ならわかる。

私は、ぼうぜんと立っていた。

児島の、いま

昭和二十年十一月に県立味野女学校に転入学。東京から疎開している生徒や引き揚げの生徒もいて、変化にとんでいた。竜王山に登り、農作業もあった。

父は、友人の工場を借りて兵役から帰った兄たちと、被服の仕事をはじめた。自営はうまくいかず、友人の会社へ、七十さい近くまで勤める。

学校はたのしかった。民主主義と不自由なくらしで、制服はなく自由だった。映画をよくみた。国語の先生のすすめで校内誌「泉」が生まれる。詩や小文、短歌などを書いた。

女学校は、高校となる春休みに、二度目の母が、引き揚げ後の出産（弟）や疲れから歿くなる。祖父母がいてくれたので高校を卒業。

東京にいた兄のすすめで法政の通信教育で日本文学科をえらぶ。夏期授業《スクーリング》で第二外国語はフランス語をとった。桜田佐《たすく》先生の発音は、とてもきれいで、やさしい先生だった。

やはりフランス語の古賀照一先生は、情熱的だった。後年、詩人の宗左近氏と知り、おどろく。「小林多喜二」などで、学生に人気だった小田切秀雄氏に、後年詩集を送って返事をいただく。「卒論面接」は小田切先生だった。「法政」に、私の短歌・俳句がときどきのった。

当時、児島・琴浦の教育長は金谷綾太氏で、文学に熱心で小説も書いておられた。金谷先生のすすめで「ものを書く会」がはじまった。

岡大生や会社員、私も参加し「習作」をガリバン刷りで十九号まで出した。

最近、金谷先生が詩人の斎藤恵子さんの大叔父とわかり、おどろく。

児島は、むかし足袋を作り、学生服や作業服に移り、各地から働く人たちが来ていた。

今は、中国から若い女性が働きに来ている。現在は多様な作り方のジーンズに力を入れている。

アメリカやフランスにも出かけている。

児島市は、倉敷市に合併している。

児島も倉敷も、地熱のようなものがあるのか。

児島から、洋画家の斎藤真一氏、小橋康秀氏（のちの古橋矢須秀氏）、岡野耕三氏などが出ている。ヨーロッパを放浪したり、ニューヨーク、スペインでそれぞれに活躍。

瀬戸内海に近いので、明るい光を感じる。私も高校生のとき「美術」をえらび、よく写生に出かけていた。

今は、JR瀬戸大橋線で児島から、島々と海の美しさを見ながら坂出や高松に行ける。

塩田王だった野崎邸も、観光に開放されている。こどものとき、仲よしのルミ子ちゃんとよく遊んでいた場所（今は、国の重要有形文化財）。

鷲羽山《わしゅうざん》からの夕陽は、本当に美しい。
島々と、海を眺めて立ちつくし、
やはり、遠くを
あこがれる。

（「現代詩手帖」二〇一四年五―七月号）

バラのトゲ　など

永瀬清子さんのお気に入りの家が、岡山市門田文化町の中でも小高い所に建っている。「女の新聞」や「女人随筆」の同人でもあった中垣智津さんの洋風木造建築のお宅だ。

中垣智津さんは、病弱で美しい人だった。六十歳すぎて、二十代の男性に後をつけられたときく。

「永瀬さんは、恋愛や植物のことが、とてもよくわかるわ」と、きいた日。伴侶に先立たれた、わたしに「お金を大切に使いなさい。友人をだいじにすること。今を、最高と思ってくらしなさいね」と、おっしゃった中垣さん。永瀬清子さんが出会いをつくって下さった。

永瀬清子さんと、中垣智津さんのキリスト教会での告別式と東山の焼場へ行った思い出。

永瀬先生から「黄薔薇」に入るように誘われたのは、わたしの三十代の頃だった。

若い頃の永瀬清子さんのように、詩を書き続けようとは、思っていなかった。

「境さんは、お母さんに早く先立たれているから自由でいいいね。父親育ちの港野喜代子さんも発想が自由だった。」

永瀬先生の母上は、聡明で、やさしく、何くれとなく娘の生活を気づかっていた方だと思う。

わたしは、今のソウルに第二次大戦中、住んでいた。そのことが、引き上げ後も、どことなく、のんきに見えるのか。

「本当は、どこにいるんだろう」と、思考が抽象的になる。

「あなたの詩は飛躍しすぎる」と、永瀬清子さんに長い間、言われていた。

のちに、著名な女性の詩人に「永瀬さんは、あなたの詩をほめていらした」とききき、信じられなかった。

晩年、長女の美緒さんが、ほとんどの家事をなさって、先生を支えておられた。

ヘルペスで入院した美緒さんを見舞った時、おなかのあたりを見せて下さった。チャンピオンベルトのようなヘルペスだった。

飯島耕一氏のヘルペスを連想する詩から、当時の美緒さんの、痛みを思う。

永瀬清子さんの講演に、倉敷市玉島について行った時。話のタイトルは何であったか忘れている。後年その時のことを、玉島の木口義博さんから、何回も聞かされた。

「境さんが、来るとは思わなかったので、昼食の弁当が無かった。ぼくのをあげた」と。「わるかったねえ」と、わたし。「いや、ぼくは、おなかが痛かったのでいいんだ。」

やはり福山へ「木下夕爾」について、話をたのまれた永瀬さんに、さそわれて行った。

京都の「ほんやら洞」で詩の朗読会に招かれていた永瀬清子さんの朗読は熱があり、きき手も最高でとても、よかった。わたしも先生にすすめられ自作の詩を一つ、朗読した。その時は、たまたま漆器の展示を京都に見に行き、ほんやら洞へ、はじめて行ったのだ。

小山栄二さんも岡山から、来ておられた。小山栄二さんは「黄薔薇」の同人だった時もあり、サルトルや音楽が好きで宗教的な人だった。

コーヒーをおごった時「いま金鉱を掘らせている。境さんに大金をあげる」と。

しかし、早世し、その夢も消えたが、たのしいやくそく。

岡山出身の画家・竹久夢二の「夢二会」にも永瀬清子さんと二回行った。

夢二の御子息で、長身の不二彦氏や、彦乃さんの、やはり美しい妹さんにもお目にかかった。

詩集のタイトルを『薔薇の　はなびら』にしたいと話した時、永瀬先生は、即座に言われた。「バラのトゲならいいけれど――バラのはなびらでは」と。ハガキもすぐ、下さった。「バラのトゲなら　まだしも」と。

永瀬清子さんが好きだった、トゲという、言葉。

（「黄薔薇」永瀬清子生誕百年記念特集号、二〇〇六年七月）

隠された顔、新しい顔　倉敷の魅力

倉敷を歩くと云うのは、〈児島《こじま》〉に住む私にとっては、郷愁とともに、何かを探して行くことかも知れない。

母の里は、山陽線下りで「倉敷」の次、「西阿知《にしあち》」にある。

西阿知駅に降りると、すぐ近くに「将棋の大山さんの家」と教わりながら歩いて行った幼時の思い出。

夏の朝、高梁川《たかはしがわ》の土手を降り、祖母と鮎舟の着くのを待って、鮎を買いに行った。

今年、美観地区に隣接した場所に、倉敷市芸文館が十月一日にオープンした。

館長は、詩人で俳優の村松英子さんに決まった。演劇や音楽会等のためのホール（八百八十五席）や、故大山康晴十五世名人を、顕彰する記念館などで構成されている。

外観は、蔵のイメージでなかなか凝った造りだなあと感心した。

いつか金沢の人に、私の詩集を送ったところ、「美しい所に住んで、永瀬清子さんのそばで、美しい詩を書いて結構ですこと」と返事をいただき、ハッとしたことを思い出す。

大原美術館へ、私が最初に行ったのは、昭和二十六年のマチス展、続いてピカソ展、一年おいてルオー展の特別企画であった。

映画以外に、たのしみの少ない時代、強烈な記憶となった。

それ以後、友人達と時折美術館を訪れるが、昭和二十年代にくらべて現在の入館者数は、ざっと十倍になっているそうだ。

昭和四十七年に新幹線が岡山迄延びて、倉敷の観光客は急にふえ、大原美術館辺は殊に人出が多い。

土産物の店や喫茶店、飲食店も多くなり、なにか、つるっとした感触なのだ。

煉瓦造りの〈アイビースクエア〉には、倉紡記念館があったり、ホテルもあって、昔の紡績工場を、実にうまく現在にいかしている。

夏には、此処で大原美術館の美術講座があって、私も、飯島耕一氏、大岡信氏、岡田隆彦氏の美術に関する話を拝聴したことがある。

時折、ふっと紡績で働いていた人達のことを考えることがある。

この賑やかさから、ほんの少し近い距離にある本町は、とても落ち着いた雰囲気だ。

疊屋、提灯屋、旅館、やきものの店、焼鳥屋、喫茶店等が軒をつらねている。

道幅は狭いが、昔は賑やかな通りであった由。何となく懐しいような気持で歩いて行く。

きけば、この辺りは、『倉敷川畔伝統的建造物群保存地区』に指定されているそうだ。改造等についても勝手には出来ないが、建築費の補助も可成りつく由である。

この本町に紅茶専門店があって、以前は詩の朗読会があって、私も何回か通った。

出入りする人達も、自由なムードをたのしんでいた。

何年ぶりかでこの店に入る。通りに面した窓が大きくなり、テーブル等も新しくなっている。知人の消息を久しぶりに聞く。

タイム・スリップと云うか、気持のゆらぎを覚える。最近は、散策する機会もめったにないので、阿智神社の階段を、ゆっくりと登って行く。すぐ足がだるくなる。

この夏は、富士登山を旅行センターに予約していたのに、いろいろなことがあり、キャンセルしてしまった。

やっぱり、もっと歩かなくてはだめだなあ。

社務所で若い男女が、お祓いの申し込みをしている。

「こんなに若いのに？」

私は、思いつきで、おみくじを引いた。

三十三番が出る。小吉だった。

「春くれば　ふりつむ　雪も　とけぬべし　しばし　時まで　山の　うぐいす」

と、おみくじの一番上に書いてある。

阿智神社をぐるっと廻って、倉敷の市街地を眺める。すぐ近くの小学校の校庭はなつかしい。小学校だと思うだけでうれしい気持。

この道は、実に久方ぶりで、なにしろ青春時代の思い出につながっている。ビル建築がとてもふえている。然し、田も少し残っている。

倉敷駅迄行くつもりを変更する。駅に近い一番街に入る。

やはり、細い路地のような古い街だ。

前は、「千秋座《せんしゅうざ》」と云う映画館があったので「千秋座通り」と云っていた。

原田康子の往年のベストセラー小説『挽歌』の映画を、若い時、友人数人と、この映画館でみたのだ。

この通りには、青果物、魚屋、和菓子店、陶器店、食堂、のみや、花店、本屋等がある。

母のいとこが質屋をしていた。その長男が二十年前から画廊をしている。

前衛的なやきものの作品を眺める。

母も、質屋をしていたおじさんも亡くなった。

母のいとこの奥さんが、今も健在で、私が小学校一年の時、父が転勤になり、母と一緒に京城（現・ソウル）へ行くため「ごあいさつ」に訪ねて行った時の話を、何回もしてくれる。そして必ず、「おみやげ」を私に、今でもくれるのだ。

倉敷市役所は、市民ホールなど、モザイク模様の大理石の床だったり、庭もつつじの季節は美しい。

水島臨海工業地帯は、公害など問題はあるが、行けば、倉敷の別の顔を見せてくれる。

むかし、良寛さまがいたことのある円通寺は、玉島にあって、音楽大学の設置が決まっている。

学生服に代表される繊維産業の児島は、一時、センイ不況に泣いたが、たえず工夫・模索して、しぶとく生き延びるのだ。

倉敷の一見穏やかな陽光の中に、意外なしたたかさがあって、幼時を外地で過した者は、時にとまどう。

然し、そのために倉敷の隠された魅力、新しい魅力を、私はまた発見するだろう。


（「現代詩手帖」一九九三年十一月号）

「ゆれ」は続いていた

三月十一日の午後。ＮＨＫラジオ第一は、国会中継なので第二をつける。

午後三時前、突然アナウンサーの声が入る。

「東北地方で大きな津波が起きました。英語・ハングル・中国語・ポルトガル語で放送します。」ツナミのニュースがくり返される。

ラジオ第一に。国会中継はすでになく、大地震と津波のニュースが続く。夜、テレビをみる。各局とも同様のニュース。

福島・白河に住んでいる藤原菜穂子さんのことが気にかかる。つくばや館林の知人友人。東京や横浜の知人や友人のことも。

波にのみこまれた人々の多さが日々、伝えられる。

十四日に、思いがけず藤原菜穂子さんが、ＴＥＬして下さった。「岡山の兄に、ようやくつながったの。井戸水は、近所でもらっている。電気もついたの。」物や手紙など、通信は無理なようだ。友人知人にハガキを出す。

足利の椚瀬利子さんから、ハガキが届く。余震四がまだくる由。

三十日に、さいたま市のみくも年子さんからTELがあった。トイレットペーパーも、入手困難なこと。停電のあることをきく。

館林の友人にTELする。停電もまだある由。屋根はブルーシートのまま。職人の手が足りないと。日々、眠れなくなる。

一九四五年八月十五日の、日本の敗戦を、京城・現ソウルで体験。そのとき私は、十三さいだった。

住みなれた土地や家。学校や友だちと、急に離れなければならなくなる。

そのとき。私は、ツナミのように押し流され、ゆれていたことを。まだゆれ続けていることを。この三月十一日に知らされたのだ。


（「黄薔薇」一九二号、二〇一一年六月）

「歩く木」周辺

児島に「ものを書く会」からガリ版の「習作」誌が出た。私の二十代の時だった。十九号で終刊となった。

高田千尋氏が、倉敷市役所から児島公民館に、数年出向された。詩誌「歩く木」が、片沼靖一氏、高田千尋氏の尽力で出た。

創刊号は、一九九四年で後記を高田さんが書いている。当時、「火片」「裸足」「ギャザ」「黄薔薇」の詩誌に所属していた人たちで、高田さん以外は、児島在住だった。

表紙を行田博美さんが担当して下さる。後で、母上が私の高校の友人と知る。

ユニークな紙面で、いろいろな色の紙に、詩が、のっている。それが一枚の表紙で折りこんで入っている。片沼靖一氏が、一人で、この紙面づくりをなさった。

奇しくも「習作」と同じ十九号で、「歩く木」は止まった。（二〇〇七年）

その間、同人の谷口三好さんを、ガンで失なう。また片沼靖一氏の発案で、谷川俊太郎氏におねがいし、対談を小川洋子氏としていただく。倉敷・芸文館ホールを使い、多くの方が来て下さった。

谷川氏の考えで「歩く木」から清板美恵子さんと、私、境節も壇上に。自作の詩・朗読と、谷川俊太郎氏の質問にこたえたりした。

この会のあと、アイビースクエアのバーで谷川氏、小川さんをかこんで同人たちと、くつろぐ。

合評会もなく、何回か詩の朗読会をした。また児島文化協会の詩画展に参加した。児島文化協会誌「海橋」に詩をのせることもあった。せめて二十号を、赤い表紙で出したかったので、実に残念。

なつかしい日々。

（2014）

幼い日

「百万人に一人の手相ですよ」と、易者に云われて朝鮮へ来たのだと母は笑った。

「光子、朝鮮は好き」

「うん」

「お母さんは、もっと遠くへ行って見たい。フランスにしようかイタリアにしようか。」

と云いながら、急に外出の支度をはじめた母は、光子にも毛皮のついたオーバアをきせた。

そういう母の行く先は、光子にはわかっていた。

時間が早ければ、デパートに出て洋食を食べ、映画館に入るのであった。それもたいていは、男女が乱舞する洋画にきまっていた。

「あら、みッこちゃんいらっしゃい」

「文子ちゃんは？」

「おさらいよ。すぐだから上って待っててね」

――三味線しないで、お琴を習うなんて、文子ちゃん、芸者さんにならないのかしら――と光子は思いながら来馴れた二階に坐っていた。

転校して間もない光子には、近所の文子が一番親しみやすかったけれど、光子の母は、それを嫌った。

「芸者さん」と云う光子に、母は「さん」は余計だと云ったが、光子の「芸者さん」はなおらなかった。

光子は、秘かに、芸者さんになりたいと決心していたからである。


母の希望が叶えられて、色町から住宅地へ越した頃、日本は太平洋戦争に入った。

「非常時」「スリ」というポスターが、家庭の各所へ貼られ、光子の質問がはじまった。

光子に「非常時」や「スリ」がわかりかけた頃、急病で入院した母は、大学病院のベッドの住人となった。

大家さんの家へ預けられた光子は、大家さんの一人子である光子ちゃんと遊ぶことに熱中した。


二人の光子は、時々病院へ行ったけれど、母の病勢はよくならなかった。

朝鮮人が白菜やとんがらしでキムチを漬けこみ、長い冬を待つ前に、母は死んだ。

玄界灘――
光子は揺れる確かな船体の中で、時々、祖父の手に持たれた母の骨箱へ注意したが、厚い船窓からみえている鉛色の世界にひかれた。

「まあ、お若いに、いとおしげになあ」

「光子さんが小さいけ、可愛いことでしたろう」

「あれが、ジュミョウですけん、泣いてつかあさるな」

「ちょうせんまで行かなんだら、澄子も、こげに短けえいのちでもありませなんだと、わたしゃあ、考えると、泣けて、泣けてなあ」

祖父のさっぱりした言葉や、祖母のつきるともしれない愚痴や、ひっきりなしの人の出入りと、その挨拶と。

一年程、祖父母と暮した光子は、新しい母と朝鮮へ渡った。

「光子ちゃん、あの人だれ？」

「——」

派手な棒縞の三十の母は単純であったのに。

「尾形さん、ゆうべ、何処へ行ったの？」

ある日、学校へ行くと、おしゃべりの中村明子は、光子を待っていたようにはじめた。

「私のお母さんがね、あの人、もとは芸者あがりにちがいないって。私もよくみたのよ。だって、おしろい真白でしょ。あの人芸者でしょう。尾形さんのお母さんとちがうわね」

もう光子は「芸者さん」とは云わなくなり、出歩き好きの両親と、一緒に街へは行かなかった。


「きみ、何年生？」

「六年——」

「僕、五年だ。学校はどこ？」

「東大門」

「おなじだ」と少年はきれいな歯で笑った。

少年の両親と光子の父は、朝鮮の金持に、楊平へ招待されたのだ。

「きみ、むけるかい？」といいながら、少年は、ナイフを光子に与えた。

さっきから、何か窮屈に感じていた光子は出来ないとも云えないで、前にある梨とりんごを見較べながら、小さいりんごを取った。

厚い皮の犠牲になって、リンゴの肌は露われ、うすくなっては千切れる。少年は、仕上っていない半分デコボコになったリンゴをみると、ナイフを取り上げ、大きな梨を一本の皮で仕上げた。

光子は、嘗ってない恥しさを、はじめてその少年に感じた。


「尾形さん」

うしろから光子の腕を摑んだのは、仲良しの中川はるみであった。

「関口さんがね。尾形さんのこと、しつこくきくのよ。

私がね。どうしてって云ったらねええ。おれしらないよって、どんどんかけちゃったの」

「関口さんて?」

「あら、関口裕二よ。五年の森下先生の組。あたしの近所でお金持よ。だけど一人っ子でしょう。勉強も出来るし、大変よ」

光子には、はるみの云う大変が、何のことかわからなかったけれど、あの少年が身近に迫ってくるように思われ不安になった。


「サボテンどこ受けるの」

「尾形さんは?」

「私の云う所を受ければ教えてもいいわ。」

「ええ、よくってよ」

「第三。」

「あらッ」

「サボテンは第一でしょ。でもいいわ。私は第三にするわ。」

サボテンは困ったような顔をしていたが、明日までにきめてくると云って帰っていった。

サボテンとは、酒井磨由美のことである。

光子より一つ年上だが、体が弱くて一年休学したのである。

背が高く、京人形のような磨由美は、誰にでも好かれた。

光子は、同級生ではあるが、そういう磨由美の優しさに甘えていた。はじめて意識した甘さであった。

サボテンという仇名は、磨由美が、サボテンの前で転んだという他愛のなさに由来していた。


「尾形さんのジウユチグキセ」

「ジウユ・チグキセ」

「ジ・ウ・ユ・チ・グ・キ・セ」

六年生も終りに近づいて、何となく楽しいような、それでいてさびしいような、今まであまり話したことのない友達から、急に話しかけられて、とまどうような、そういう頃に、教室に入った光子は、黒板をみてびっくりした。

「なあに」と光子が、中川はるみの側へ行くと、いつもはきはきしているはるみが、もじもじしている。

「ねええ、なあに？　なによ。」と皆の顔をみ渡したが、いつもと勝手のちがった顔ばかりで頼りない。

突然、後にいた中村明子が、「尾形さんのケッコンの相手よ」という。

光子は、何回もいたずら書きを読んでいたが、ふとその意味がわかると、かあっとして明子のそばへ行った。

「どうして？　どうして私が関口さんと結婚するの」と云いながら、明子のセーターの袖をつかんだ。

「教えてよ、教えてよ」と光子は、明子の眼に自分の眼をすれすれのところへ持っていった。

「なんでもないわ。知らないわ。」と明子は抗弁した。

「なら、なぜ書いたの？　ねえ、それだけ教えてくれればいいわ」と光子が云いおわらないうちに、口早やに明子は云った。

「尾形さんのお母さんは芸者よ。芸者の子は金持の子が好きなのよ。」


思いがけず第三高等女学校にきめた磨由美やはるみと、光子に合格通知がきた。

磨由美は、一学期の副級長になり、はるみと同クラスだが、光子は一人であった。

同じ小学校から、十何校を希望によって受験したのであるから当然でもあるが、光子はさびしかった。

磨由美は、井上良子と云う一番でパスした生徒に、入学早々手紙を貰った。

「花は桜木、人は武士とは云うものの、東武士《あづま》にはかないませんわ」と書かれている箇所の意味を、光子にたずねたのだが、勿論、光子にもわからなかった。

そういう理由からでもないであろうけれど、磨由美と光子は離れていった。女学校では、誰もサボテンと云わなかったけれど、磨由美の姿に、光子は時々サボテンと呼びかけたい気持でもあった。


「尾形さん」

呼びかけたのは、道祖土寿子と菊田恵子であった。

菊田恵子が、朝鮮人であることは、彼女の親友の寿子が教えてくれるまでわからなかったし、知らされてからも半信半疑であった。兎に角、菊田恵子は西洋人のようで、いつも綺麗な服をきていた。

だいぶ親しくなって、恵子は誕生日に寿子と一緒に光子を招待した。

両親は、日本の大学を出たとの事で、その日本語は、日本人よりも立派であると光子は思った。一体何をしている人たちであろうとも思った。

恵子の祖母は、朝鮮語で話すだけでなく、すっかり朝鮮人であった。

「朴恵順」というのが、恵子の本名であった。

「用心するといいわ。四年生はすごいの。尾形さんは絶対許せないんだって。あたし、姉さんに頼んだのよ。でもあなたは一番目につくんだってよ」と吉野悦子は心配そうに忠言した。

どうする、どうすると案じている寿子や恵子には黙って、光子は、土井先生に頼まれている花壇の草むしりをはじめた。

午前中は勉強で、それも防空訓練でつぶされることが多かったし、午後は、飛行機に使う「雲母《うんも》」をうすくはぐ作業であった。

そういう中で、農学校から週二回、土井先生は園芸を教えに来た。

光子は田舎で育ったせいばかりともいえないぐらい、園芸の時間は熱心であった。

三年生と四年生は、機密作業のために学校には滅多にいなかった。

今の四年生が、一番最初の新入生だという歴史のない学校で、四年生は独特の雰囲気を持っているらしかった。

しかし、磨由美やはるみとの交渉もなく、新しい友だちばかりの中で、光子は誰憚かることなく行動した。だから、ときたま帰ってくる四年生には、目ざわりなのであろう。

四年生には「お説教」する義務が下級生にあるらしかった。

「尾形さん、コイって、どう書くの?」と一人がきくと、まわりにいた四、五人がどっと笑った。光子はなぜかあわてたが、地面へ〈恋〉と書いた。

その頃、関口裕二が航空兵になるのだという噂を光子はきいた。だから彼にお人形を中村明子があげたのだと云う者もあった。

戦争は容赦しない速度で進み、日本は現実の敗戦を歴史にとどめることに成功した。

機雷がどこに浮いているかもわからないという玄界灘を「神風」は嘘だったのかと思いながら光子は船に揺られつづけた。


（「習作」十号、一九五六年五月）

著作一覧

『夢へ』「黄薔薇」社、一九七七年八月十五日発行
『呼び出す声』編集工房ノア、一九八三年八月十五日発行
『ひしめくものたち』思潮社、一九八七年一月二十五日発行
『鳥は飛んだ』思潮社、一九九二年八月一日発行
『スマイル――N先生に』思潮社、一九九七年六月二十日発行
『ソウルの空』思潮社、二〇〇〇年八月二十日発行、栞文飯島耕一
『道』思潮社、二〇〇三年七月一日発行、栞文福間健二　第四回中四国詩人賞
『薔薇《ばら》の　はなびら』思潮社、二〇〇六年六月三十日発行、栞文新井豊美　第十七回富田砕花賞
『十三さいの夏』思潮社、二〇〇九年七月三十一日発行
『歩く』思潮社、二〇一二年六月二十日発行

作品論・詩人論

『夢へ』序

永瀬清子

境節さんは非常に透明度の高い人で、人目には澄明な空気のようにめだたない性格にみえながら、たえずその心はビビッドに何かを感じ呼びかけ、私の中へもあまりにも自然にとけ込んでくる人である。

それは大変さりげなく私の負担にならないばかりでなく、たとえば私が読む必要があると思われる本や、すぐれた記事の出ている雑誌を何げなく持って来たり置いていったりするが、その選び方は決して的をあやまっていない。その誠実さと敏感さがいつのまにか私には大きなたよりになり、彼女を待ち、そして呼んでもいるのである。

しかも大事な事はそれが決して私にだけではなく、何人かの人が私と同じように彼女を思っている事である。

彼女は英国のラファエル前派の人々が描いたような顔かたちで、いくらかアンチ女性的な目だたぬ風なのに時々ひどく美しくみえる時があっておどろかされる。

彼女の詩も亦そのようであり、透明でさりげなく、そのうえ省略され短いが、いわば夢想によってカバーされて居り、そこに品位と風格を生んでいる。一般に求められる現実性や迫力に乏しいが、彼女がルネ・マグリットやジェームズ・アンソールなどの絵について傾くことは非常にふさわしい。

昨年（一九七六年）のはじめ突然夫君の千秋氏が逝去され、しばらく私たち友人もどうしていいか判らぬくらい悲しみに沈んでいた。千秋氏はもの静かで優しく、又その漆芸は刀の冴えもふくめてことのほか美しいものであった。

いまようやく彼女はこの詩集をまとめた。

勿論この詩集には前々からの作品も入り、悲しみを特にあらわしたものではない。けれどもそのかすかな言葉の中には彼女の悲嘆のこもった行がある。

「わたしの目の中に死者がいる」

「風になった事を誰が知ろう」

でもそれとても短く、彼女はつねにその負の言葉によって私たちに逆ショックをあたえているのであり、あらわでない事こそ一層彼女らしいのだと私は思う。

「うす緑のガラスの花瓶に毒だみの花を」

「時間が坐っている椅子」

それらはすべてたゞのしゃれた言葉なのではなく、彼女の澄明でかぎりなく卒直な心にバランスしているものである。

砂地をゆくようにさくさくとしていながら親しい肌ざわりを私たちにふれてくる彼女の詩は、たゞそのやさしさを極力みせまいとしながらついつい静かなこまやかな心をつたえてくるもののごとくである。

いまそれを汲みとる人の一人でも多いことを祈り彼女の出発のお祝いとしたい。

一九七七年　初夏

（『夢へ』一九七七年「黄薔薇」社刊）

あふれる陽光の中で
『薔薇の　はなびら』について

新井豊美

この詩集のタイトルになった詩「薔薇の　はなびら」は、詩集を出すことの機微にふれる興味深い作品だ。まず前半には反響の少なさについて「たとえば詩集を出して／その反響を待つのは／あのグランド・キャニオンに／バラの花びらを一ひら落して／そのひびきをきくようなものですよ」と言う、英語番組で作者が耳にした言葉が引用されていてなるほどと思わせられるが、後半の永瀬清子さんとのやりとりも面白い。「詩集を作る時／詩人の永瀬清子さんに　タイトルを／『薔薇の　はなびら』にしたいと／何気なく話した／永瀬さんは／「バラのトゲならともかく　はなびらでは」／と即座に言われた」とある。

知られているように永瀬さんには「野薔薇のとげなど」と言う詩があって、自己意識と内省の強さがうかがわれる代表作の一つだが、永瀬さんとかかわりが深い詩誌「黄薔薇」の同人でもある境さんは、この大先輩の意見をおさえて「薔薇の　はなびら」をタイトルに選んだ。つまりこの詩の後半の面白さはタイトルを巡る二詩人の個性のしたたかなぶつかり合いがさりげなく語られているところにあるのだが、詩の最後に境さんは「永瀬清子さんが　よく使っていたトゲ／まだ　わたしには／「薔薇のトゲ」は／書けない」として永瀬さんをたてている。とは言えこの詩集には、境さんが過去へのこだわりから解き放たれてゆく過程が書かれているのであり、それを「はなびら」と呼ぶからにはそこには詩人のユーモアとアイロニーがこめられているはずで、やはり譲れぬタイトルだったのだろう。

詳しいことはわからないが、境さんは少女時代をソウルで過ごしそこでお母さんを亡くされた。終戦で引き揚げて来たのちは岡山の児島に帰り、結婚し、夫君に先立たれて現在もそこに住んでおられるらしい。いずれにせよ戦争時代の子である境さんにとって過去への思いはつよく深いものがあるはずだ。「一本の道なのに　どこへ行くの？／と　まよってしまう／霧笛が　きこえないのに／きこえるような気持ちになる」（「空」）とうたわれているように、この詩集は向かうべきところが見えない迷いが「どこへ？」という問いとなって全体を覆っているが、それは過酷な時代を生き、現代というこの混沌の時代に遭遇した者にとって当然の問いであるだろう。

「何もほしくなかった／あまりにすべては／変ってしまったのだ／すっかり無口になって／毎日　空ばかり眺めていたのだ」（「空」）、「聴いていたのは／風の音だった／笑っているような／馬の目にハッとする／眠っていたような少女が／めざめたのは老年だった／体験したことは／苦痛ばかりでは　なかったと思いたい」（「立ちつくす」）。これらの言葉には背後にある「体験」の重さを考えさせずにはいないものがある。

だがある時、詩人は限られた生の時間のなかで過去をふり返るのみでは現在を見失ってしまうことに気づく。「地上から離れる日を忘れて／空気を　いっぱいすって／ひざしをあびて歩いている／思い出は　たくさんつまっているが／今は　からだを軽くすることを／考えて／

前を歩いて行く／どこかに置き忘れたものを／探すゆとりは　なくなっていく」（「地上の旅」）。心のうちには語り尽くせぬものがまさに「詰まって」いる。おそらくその思いが彼女をこれまで言葉へとつき動かしつづけてきたにちがいない。だが、残された時間のなかで「どこかに置き忘れたものを／探すゆとり」は次第になくなってゆく。「今は　からだを軽くすることを／考えて／前を歩いて行く」時だと境さんは気づく。

かつて私は永瀬さんの詩について「永瀬清子の坐っているその陽のさす土地は、岡山の湿り気の少ない花崗岩質の、陰りのない白い土で、不思議に明るくはっきりと自分の意見を言うことのできる女性たちが代々生まれてくる知の土地柄なのである」（「詩と現実のはざまで」）と書いた。児島半島に住む境さんの詩は、岡山の明るい陽光と知の風土から生まれ出た女性たちの詩の系譜をみごとに受け継いでいる。その言葉には考えつつ歩む人の確かさがあり、理性的だが決して堅苦しいものではなく、むしろ巧まずしてにじみ出るユーモアが、作品のおだやかな個性を光らせているのだ。

「ゆるぎないものなど／はじめから無かった／そこから　はじめようか／今さらなどと　言わないで／南国の／十月のはじめは真夏のあつさで／海の色は濃く／今から　なにかを／やって見てもよいのだと思える／異国から来て　この土地を愛し／日本人の妻に　二度とも若くして／先立たれた人・Mのことを思う／父も同じ経験者だった／そのことに思いつく」（「陽光の中で」）。境さんにとって詩とは、自らの生の来し方を問い、行く方への思索を深めながら向かう一筋の道のごときものであるだろう。言葉を求める者にとって道はつねに前方へと開かれている。あふれる陽光の中で、岡山の女性たちの詩の風土は変わることなく力強く受け継がれていることを、境さんの詩を読みながら考えさせられる。

（『薔薇の　はなびら』栞　二〇〇六年思潮社刊）

風にさらわれない明るさ

斎藤恵子

境節さんと知り合ったのは二十年ほど前、一九九五年ごろである。地元の山陽新聞のコラムで私の文を読み、詩集を贈って下さったのが始まりである。

境さんとは現在「どぅるかまら」の同人どうしで度々会う。気さくで親しみやすいひとである。気取りがなくお化粧もしていない。いつもズボン姿で紙袋をバッグ代わりにしていたが、ある時から、黒いバッグを持つようになった。聞けば友だちが「富田砕花賞の受賞式に紙袋ではおかしいから」とくれたのだという。靴もいつもの運動靴ではおかしいからと革靴にしたのだと。そしてデパートで新しい服も買ったと。よき友に恵まれているというより、あまりのマイペースさに放っておけない感じがするのではないか。境さんは比較的裕福に育ったので、特に人目を気にしない大らかさが育まれたと思う。お茶目なところや生真面目なところが魅力である。詩にもそのあたりが表れている。

境さんは子ども時代ソウルで過ごし、敗戦後引き揚げた。ソウルの思い出が度々詩に書かれ、懐かしく思う気持ちがあふれんばかりである。境さんの過ごした時代は、外地と呼ばれ、植民地だった。境さんはその地を「魂のふるさと」(「メモリアルデー・八月十五日」『呼び出す声』)と呼ぶ。

境さんはソウルにいた少女時代を凝視することで詩を深めた。これまでの十冊の詩集のどれをとっても、ソウルのことが書かれていない詩集はない。それどころか、年を追うごとにソウルへの思いが募る。ソウルは現実のソウルではあるが、また心のソウルである。父がいて母がいて、母が亡くなり新しい母が来て、敗戦を迎えるソウル。それは心の中で幾度となく書き換えられ、美しく愉しくつらいソウルなのである。

この心のソウルがあるからこそ、夫君を亡くしたかなしみを越え、子どももいない独り暮らしをさして苦にする様子もなく過ごし、詩を書き続けられるのではないか。引き揚げ後は倉敷市児島に住む。しかし、戦後長く児島に住んでいるものの、児島に対してはソウルほどの愛着は窺われない。
ひとの幸福は様々にある。魂のふるさとを持つこともその一つであるだろう。まして、もう帰ることもままならない、戻らぬ幼年の幸せの地であるならば、否が応でも憧憬のふるさととして、またかなしみの核としてあるのだと思う。
「本当はどこへ行くんだろう」（「手を振る」『薔薇の はなびら』）と考え続ける。暮らす地も定まり詩を書き、現実にはどこへも行く先を探さなくてもよいはずなのに、なおも探さずにはいられない。それが詩人境節を成り立たせているのだ。

今回私は『夢へ』『呼び出す声』『ひしめくものたち』『鳥は飛んだ』の初期詩集を初めて読んだ。生きてきた時代の苛烈さと濃密さ、その中で生きる詩人のナイーヴさを感じる。
境さんの生まれた一九三二年（昭和七年）は、血盟団事件、満州国建国宣言、五・一五事件、ドイツ総選挙ナチス党圧勝など、世界の激動の最中の年である。境さんはお父さんの仕事で京城（現ソウル）へお母さんとともに行く。敗戦後、お母さんのお骨を抱いたお父さんと、新しいお母さんと生まれた妹や弟とで、女学校に入学した年の十三歳で帰国した。

海を渡って　今は異国となった
半島のみやこで
幼年期を抜けたのだ

きみの存在
ぼくの存在
なにかが痛烈に過ぎて行く
（「存在」『夢へ』）

引き揚げた少女期の思いはからだの芯になっている。『夢へ』（一九七七年）は戦後三十年近く経ての詩集。異国で母を亡くし敗戦を迎えた幼年期は重い。「抜けた」ということばに安堵が感じられる。幼年にしてはあまりに大きな変化の年月だったのだ。それは「痛烈」な重さである。
また敗戦後の引き揚げという経験は、特別の感慨があったことだろう。苛烈な時代に翻弄されざるをえない少女には、多くの別れ、不安、戸惑いがあったにちがいない。

まるごと　のみこんで生きていた
その時代
キリキリと胸にくい込んで来る
かなしみなんて嘘かもね
（「ひしめくものたち」『ひしめくものたち』）

感情にとらわれてばかりでは生きられない。けれども時代を払いのけることもできない。ただ模索するばかりである。『ひしめくものたち』（一九八七年）は戦後四十二年の詩集である。「胸にくい込んで来る」その傷ましさが響くが、境さんは気負わない。痛苦と闘わず、そのままを受け止める。詩からは、風の中で吹かれるようなさみしさと、風にさらわれない明るさを感じる。
『鳥は飛んだ』（一九九二年）には、初めて飛行機に乗りヨーロッパを旅した詩がある。境さんはこの後も旅をよくする。そして旅をしながら思いは過去へと遡る。集中「走る」には、亡くした夫君のやさしさを思い出して書かれたところがあり、そのさりげなさが却って切ない。

『スマイル――N先生に』（一九九七年）のN先生は永瀬清子さんのこと。境さんはいつも「永瀬先生」と呼ぶ。詩誌「黄薔薇」に三十代で誘われ、永瀬清子さんが亡くなるまでずっと傍にいた。今も思い出をよく聞かせて下さる。
「永瀬先生は好奇心の強いかたじゃった」と言われるが、境さんも好奇心が強く、未知のことに興味や関心を寄せるかたである。

時の変化で
人間の表情やおもざしが変って行く
細面からふっくらした顔

立派な佛像の立姿の前で
なんだか泣きたくなる
（「陽の行方」『スマイル――N先生に』）

詩はさらに自在に、澄んだ感性で書かれるようになった。不安をそらさず何をも質さず、無邪気さというべきものを持ちながら書いている。

『ソウルの空』（二〇〇〇年）には帰らない幼年の日々が、乾いた感覚で書かれている。
中国へ旅した「大陸の秋」、その中ほどの詩行。

左隣りの席に通訳の中国の役人
みんなで食べている鎮江市の料理を
何でも食べるのだ　わたしは
（「大陸の秋」『ソウルの空』）

「何でも食べるのだ　わたしは」に驚く。戦時中を思い出しながら旅する詩の中に、突然出てくる詩行。可笑しくなってしまう。期せずして出るユーモア。生きる愉しさがからだから滲む。こだわりのない明るい身体感覚を感じる。

引き揚げてから五十四年ぶりに境さんはソウルに行った。記憶は消えることはない。街を歩き店に入り、運河やアパートを見る境さんの眼差しは温かい。

負うものをそのまま受け止める。哀愁という切なさはない。戦時中を過ごした街、母を亡くした街、敗戦を迎えた街、かなしみや不安を思い出して胸に迫るものがあるのではないかと思うのだが、「ソウルの空」で「なつかしさがこみあげる」と書くのは、境さんの生きるということを愛しむ、身についた感覚のためだろう。それは「生きていこう」という意志でもある。境さんの詩には励まされる。挫けることとは無縁のように思われる。日常がどこか別の世界に思える。日常を軽々と超えて生きているからだ。

『道』（二〇〇三年）は中四国詩人賞受賞詩集。肩の力が抜け、生き生きして明るい。集中ソウルの詩は多いが、思いは変化している。

夢の中の出来ごとのように
今のわたしには思える

（「ソウルの庭」『道』）

忘れようもない経験、今ここで生きているということ、通り過ぎる日々のけわしさなどをそのまま心に映し出していく。

『薔薇《ばら》の　はなびら』（二〇〇六年）は富田砕花賞受賞詩集。新たな詩の展開を感じる詩集である。タイトルの詩には、以前永瀬清子さんに詩集のタイトルを「薔薇の　はなびら」にしたいといった時のことが書かれている。

永瀬さんは
「バラのトゲならともかく　はなびらでは」
と即座に言われた

（「薔薇の　はなびら」『薔薇の　はなびら』）

私は手痛いトゲよりも毒ある花びらの方に引かれるが、それにしても境さんには「トゲ」は似合わない。トゲから連想する、刺傷、悪意、嫉妬、血などからは無縁である。私も花びらのひびきに耳を澄ませたいと思う。

ゆるぎないものなど
はじめから無かった
そこから　はじめようか
今さらなどと　言わないで

（「陽光の中で」『薔薇の　花びら』）

本能的に生というものを摑もうとするものを感じる。はじめること、それは直感かもしれない。今さらなどという否定的なことは言わず、生きる方へと歩む。

この詩の中で境さんは墓参りをし、佐藤春夫の墓を見つけるのだが、最終行にまたもや可笑しくなった。

佐藤春夫の墓は　なぜかさびしかった
ことしも　秋刀魚《さんま》は

二回食べている

墓をさびしいと感じたあとに、秋刀魚を二回食べたことをなぜここで書けるのか。詩「秋刀魚の歌」を思い浮かべたにしても、私などには到底できない愉しさがある。知的な機知ではなく、からだから滲み出るユーモア感覚にうならせられる。

『十三さいの夏』（二〇〇九年）では、記憶は揺り戻され慄く少女の境さんがいる。十三さいの「さい」が平仮名であるのは作者に十三のままの自分がいるからだ。生きる怖さを忘れないことと年月を経ることとは別である。どうして私は生きているのか。否、生きてこられたのか戦慄する。

生きるという根源的な問いを、作者は日常の中でも繰り返す。

「空」は、子どもの描いた絵のようだ。

野原に
大きな目玉焼きが
落ちていて
空飛ぶ魚が食べにくる

（「空」『十三さいの夏』）

生きものたちは、放恣に見えて生きるすべを知っている。「私」は見続ける。生の営みのふしぎを思いながら、空の青さを見つめる。「私」は激動のその時、無心だ。生きてきた時を思う。

からだが　ふるえる夏
わたしは　美しい少女にはならずに
少年のように生きて
空を　にらんでいる

（「夏」『十三さいの夏』）

敗戦後からどれほどの痛苦があったことか。しかし、少女には苦労は似合わない。毎日の生活も、どこかあっけらかんと明るい。しかし、それは抑えたものがあるからだ。人間存在の中、記憶は大きな要素である。からだに少女のままの記憶が貫かれ、そこに私は何か烈しいものを感じた。

『歩く』（二〇一二年）は第十詩集。風に吹かれながら静かな足音を響かせているのを感じる。もはや未練はなく後悔もなく淡々とした歩みである。さみしいような気もするが透明感のある明るさに惹かれる。

歩く
くらやみのなかから少女が現われる
空気を　いっぱいすって
また歩く
常識では捉えられなかったものを
かかえて歩く
あこがれは
まだあるのだから

（「歩く」『歩く』）

歩き続ける境さんは「少しぐらい／飛ぶといい」（「光だけが」）、「うまれる前の道を探る」（「探る」）、「激動の時代を生きて／光を探し続ける」（「まれな日を」）など、道を定めず歩き続ける。

境さんの詩集を読み続け、その魅力は無名で生きるところから生まれていると思った。

「無名で生きている」（「風の歌」『道』）、そして「生きていれば、道は出来ると思っていましたが」（『道』あとがき）とあるように、境さんは積極的に何者たらんとして自己の基盤を作って新たな道を切り開くことはしない。

娘として妻として、あるいは母として生きるのではなく、無名のひととして生きる。そうして生きるからこそ、常に幼いころへ遡行する眼差しを持ち、自身の直感を大切にする。直感の鋭さは比類のないものである。

無邪気で自由で親しみがあり、しかし非妥協的なところや心もとなさもある。不安を抱えながら、生きていくことそのものを愉しむ。そこから澄んだことばが生み出され、絶妙なバランスで詩に結実していく。天性の才を感じる詩人である。

（2015.5.8）

現代詩文庫 218 境節詩集

発行日 ・ 二〇一五年八月二十日
著 者 ・ 境 節
発行者 ・ 小田啓之
発行所 ・ 株式会社思潮社
〒162-0842 東京都新宿区市谷砂土原町三―十五
電話〇三（三二六七）八一五三（営業）八一四一（編集）八一四二（ＦＡＸ）
印刷所 ・ 三報社印刷株式会社
製本所 ・ 三報社印刷株式会社
用 紙 ・ 王子エフテックス株式会社
ISBN978-4-7837-0996-1 C0392

現代詩文庫 新刊

201 蜂飼耳詩集
202 岸田将幸詩集
203 中尾太一詩集
204 日和聡子詩集
205 田原詩集
206 三角みづ紀詩集
207 尾花仙朔詩集
208 田中佐知詩集
209 続続・高橋睦郎詩集
210 続続・新川和江詩集
211 続・岩田宏詩集

212 江代充詩集
213 貞久秀紀詩集
214 中上哲夫詩集
215 三井葉子詩集
216 平岡敏夫詩集
217 森崎和江詩集
218 境節詩集
219 田中郁子詩集
220 鈴木ユリイカ詩集
221 國峰照子詩集